윤곤강 전집 ─ 시

지은이

윤곤강 尹崑崗, Yoon Gon-Gang

1911년 9월 24일 충청남도 서산읍 동문리 777번지에서 태어났다. 일본 동경 센슈대학專修大學 법철학과를 졸업하고 『비판批判』에 「넷 성城터에서」 1931.11를 발표하며 작품 활동을 시작했다. 『시인춘추詩人春秋』, 『시원詩苑』, 『자오선子午線』 동인 등에서 활동했으며, 『신계단新階段』에 평론 「반종교문학反宗敎文學의 기본적基本的 문제問題」 1933.5의 발표를 시작으로, 비평 활동을 겸하며, 시집 『대지大地』 1937, 『만가輓歌』 1938, 『동물시집動物詩集』 1939, 『빙화氷華』 1940, 『피리』 1948, 『살어리』 1948를 발간하는 등 왕성한 시작 활동을 보인다. 그리고 김기림 시론 이후, 한국 시문학사에서 두 번째로 발간된 시론집 『시詩와 진실眞實』 1948을 상재했으며, 윤선도의 작품을 엮고 해설을 붙인 찬주서 『고산가집孤山歌集』 1948을 간행하기도 했다. 중앙대학교 국어국문학과 교수로 재직하다 척수염과 신경쇠약에 시달려 1950년 향년 39세를 일기로 작고했다.

엮은이

박주택 朴柱澤, Park Ju-Taek

1959년 충남 서산에서 출생했으며 경희대학교와 동 대학원 박사를 졸업했다. 1986년 『경향신문』 신춘문예로 등단하여 『꿈의 이동건축』 문학세계사, 1991, 『방랑은 얼마나 아픈 휴식인가』 문학동네, 1996, 『사막의 별 아래에서』 세계사, 1999, 『카프카와 만나는 잠의 노래』 문학과지성사, 2004, 『시간의 동공』 문학과지성사, 2009, 『또 하나의 지구가 필요할 때』 문학과지성사, 2013 등의 시집을 발간했다. 주요 논저로는 『낙원회복의 꿈과 민족정서의 복원』 시와시학사, 1999, 『반성과 성찰』 하늘연못, 2004, 『현대시의 사유구조』 민음사, 2012 등이 있고 공저로는 『윤곤강 문학 연구』 국학자료원, 2022, 『한국문학사와 동인지문학』 소명출판, 2022 등이 있다. 현재 윤곤강 문학기념사업회장을 맡고 있으며 경희대학교 국어국문학과 교수로 재직하고 있다.

윤곤강 전집 – 시

초판인쇄 2023년 10월 20일 **초판발행** 2023년 10월 31일

지은이 윤곤강 **엮은이** 박주택

펴낸이 박성모 **펴낸곳** 소명출판 출판등록 제1998-000017호

주소 서울시 서초구 사임당로14길 15 서광빌딩 2층

전화 02-585-7840 **팩스** 02-585-7848

전자우편 somyungbooks@daum.net **홈페이지** www.somyong.co.kr

값 25,000원

ISBN 979-11-5905-824-0 03810

이 전집은 충청남도와 서산시의 지역문화예술행사지원 보조금 지원으로 출간되었습니다.

윤곤강 전집 ─ 시

윤곤강 지음
박주택 엮음

일러두기

1. 『윤곤강 전집―시』는 윤곤강의 전 (全) 6권의 시집, 『대지(大地)』(1937), 『만가(輓歌)』(1938), 『동물 시집(動物詩集)』(1939), 『빙화(氷華)』(1940), 『피리』(1948), 『살어리』(1948)의 전체 시편과 시집에 수록되지 않은 시편을 총괄하여 수록하였다.

2. 시집 간행 연도순으로 수록하였고, 시집 미수록 시편은 발표순으로 수록하였다.

3. 의미를 훼손하지 않는 것을 원칙으로 현대어 표기 방식으로 수록하였다. 아울러 'ㄣ'와 'ㅅ'와 같은 반 복 기호는 음절이나 어구를 반복 표기하는 것으로 하였다.
   예 : 점ㄣ → 점점, 희게ㅅ → 희게 희게

4. 원간본(原刊本)에서 발견되는 명백한 오·탈자의 경우 본문 내용에 기초하여 수정하였다.
   예 : 나하를 → 하나를

5. 한자 표기의 경우 한글만으로 의미가 전달이 되는 경우는 한글로 표기하는 것을 원칙으로 하되 한자 병기(倂記)가 필요한 경우 한자를 위첨자로 표기하였다. 인명, 지명, 서명의 경우는 한자 병기하였다.
   예 : 遠磨 → 원마遠磨, 島崎藤村 → 시마자키 도손島崎藤村, 『朝光』→ 『조광朝光』

6. 시 제목이 한자인 경우 한글과 한자를 병기하였으며, 시어의 의미를 정확하게 전달하기 위한 시인의 의도된 한자 병기는 원문을 따랐다.
   예 : 大地 → 대지大地, 금線

7. 중세 국어(옛말)를 원용한 구절의 경우 시인의 원주석이 있는 경우는 원문대로, 그렇지 않은 경우는 현대어로 표기하였다.

8. '사이시옷' 표기의 경우 시인의 의도된 표기인 경우는 원문대로, 그렇지 않은 경우는 현대어로 표기하 였다.

9. 단행본, 문집, 신문, 잡지(정간물), 장편소설, 서사시, 전집 등은 겹낫표(『 』)로 논문, 시, 단편소설, 소제 목, 비평 등은 낫표(「 」)로 표기하였다. 그 외 기호나 부호, 강조점 등은 원문을 따랐다. 단, 본문에서 사 용한 인용이나 강조를 위한 낫표나 겹낫표는 원문대로 표기하였다.

10. 원문의 복자는 ×로, 판독 불능 글자의 경우 ■으로 표기하였다.

11. 들여쓰기는 원문을 따랐다.

1. 1930년대 문학의 전경^{全景}

30년대는 한국문학에 근대 담론이 본격적으로 적용되고 고민
되던 시기라 할 수 있다. 그것은 이데올로기로 전락하고만 KAPF
의 주체가 흔들리기 시작함과 동시에 문학이 내재하여야 하는 요
소는 무엇인가라는 본질적 물음에 대한 담론투쟁으로부터 도래
한 것이었다. 내용·형식논쟁과 기교주의 논쟁을 시작으로 다양
한 담론이 많든 적든 시인과 작가들의 작품에 영향을 끼치며 비
로소 다원성이라는 의미가 붙게 된다. 이로 인해 30년대 문학은
KAPF에 대한 대타 의식과 조선적인 것에 대한 고뇌가 점철된 논
쟁주의의 면모를 보여준다. 이 과정에서 KAPF나 백조파, 구인회
와 같은 동인의 성격에서 보다 복잡한 단계로 나아가는 양상을
보여주었다. 문제는 이 같은 의식이 하나의 집단 의식에서 단면
적으로 시작하는 것이 아니라 개인의 복합적 논리에 후순하며 그
것을 다시 조직함으로써 새로운 문학을 추구해 갔다는 것이다.

이러한 관점에서 임화, 김기림, 정지용, 박용철, 김남천 등으
로 대두되는 한국문학의 면모는 새로운 인물들을 유입하며 조선
적인 것에 대한 접근의 논리를 더욱 강화하고 있는데 이 가운데
에는 1900~10년대 출생의 시인들이 중요한 역할을 하고 있다.
이들의 특징은 한글 교육이 강제로 탄압당하기 시작했던 일본어

사용의 과도기적 상황에 유년과 청년 시절을 보냈다는 공통점이 있다는 사실이다. 이는 자신의 문학 정신을 정립해 가는 과정에서 한글에 대한 옹호론을 펼치게 되거나 전통에 몰입해 있는 것으로 보인다. 즉 민족 공동체의 수립 차원에서 후기 KAPF에 동참하거나 무정부주의적 성격을 내비침으로써 현실과 갈등하며 이를 문학으로 해결하고자 하는 모습을 보여준다는 것이다. 이들 대부분은 30년대 중·후반 파시즘의 변화가 가져다준 개인의 내면 심리에 치중하는 문학적 변모를 보여주기도 하는데 이들은 일본에서도 신문학 혹은 신세대라는 테제로 사회주의 운동에 동참하거나 유학생의 문학운동을 이어가는 등 내지內地에서 자신들만의 담론을 형성해 갔다.

이 때문인지 30년대 중·후반은 20년대 초·중반 일본의 문화 통치기에 동인지가 성행했던 것처럼 제2동인지기라 할 만큼 많은 문예지와 동인지, 그리고 단일 성격의 사화집이 발간되기도 하였다. 대표적으로는 신백수 주재의 『삼사문학三四文學』, 주영섭, 황순원 등 동경유학생이 창간한 『창작創作』, 『탐구探求』, 윤곤강, 신석초, 이육사 등이 참여하고 주재한 『낭만浪漫』, 『자오선子午線』, 『시학詩學』 등이 있다. 이들은 기관지나 『백조白鳥』, 『폐허』, 『장미촌薔薇村』, 『창조創造』와 같은 동인지의 성격과는 달리 장르의 포용성이 넓었다는 특징이 있다. 말하자면 초현실주의 문학을 주창한 『삼사문학』을 제외하면 대부분 특정 문예사조에 매몰되지 않고 30년대 중·후반 한국문학의 주요 담론으로 자리하고 있던 KAPF와 모더니즘 문학에 대해 폭넓게 용인하는 태도를 보여주었다. 이러한 태도는 문학사적 측면에 있어 동인지의 생몰 주기가 매우 짧다는 한계를 노정시키며 애매한 위치를 점유하는 한계를 드러내기도 했다. 그러나 이들이 보여준 개별적 열의는 이러한 한계를 재조명하게 만드는 원동력이 되었으며 특히 이 가운데서도 윤곤강은 작품뿐만 아니라 다양한 비평 활동을 통해 자신의 독자적인 시 세계를 추구해가며 근대문학을 견인했던 인물로 평가할 수 있다.

2. 윤곤강의 생애와 시 / 현실의 합일

윤곤강은 1911년 충남 서산의 한 중인 집안의 장남으로 태어나 14세에 보성고보를 편입하고 19세가 되던 30년 일본 동경으로 유학을 떠나 센슈대학專修大學에 입학한다. 31년 동경에서 발행된 사회주의 대중지『비판』에 시「넷 성城터에서」를 비롯하여 이후 다수의 평론을 발표하며 시인이자 평론가로 활동했다. 33년 경성으로 귀국한 그는 후기 KAPF에 가담하다 34년 제2차 KAPF 검거 사건에 연루되어 옥고를 치르게 된다.

37년 첫 시집『대지大地』가 발간되고 해방 전까지『만가輓歌』1938와『동물시집動物詩集』1939, 그리고『빙화氷華』1940 등을 상재했으며 신석초, 김광균, 이육사 등과 함께 시 전문 동인지『자오선』1937을 발간하는 등 활발한 활동을 이어간다. 39년에는 동인지『시학』을 주재하다 41년부터 징집 문제와 동거인 김원자의 죽음으로 해방까지 작품 활동을 활발히 이어가지 못했다. 해방 후에는 해방기념시집인 『횃불』1946에 참여한 것을 시작으로 제5, 6시집인 『피리』1948와 『살어리』1948를 발표하며 활동을 이어간다. 이 과정에서 편주서 『근고조선가요찬주近古朝鮮歌謠撰註』1947와 찬주서 『고산가집孤山歌集』1948, 시론집 『시詩와 진실眞實』1948을 펴냈으나 50년 신경증을 앓던 그는 종로 화동의 자택에서 39세의 나이로 영면한다.

윤곤강의 주요 활동 시기는 30년대 초반부터 40년대 후반까지라 할 수 있는데 이때 그가 보여 주었던 문학적 탐구 의식은 한국문학을 재독해함에 있어 중요한 참조항을 제시한다. 첫 시집인 『대지』1937는 KAPF 해체 이후 발간되었다는 점을 고려해 볼 때 계급 의식이 두드러지는 시편이 간혹 발견되기는 하나 특정 경향에 치우치지 않는 특징을 보여준다. 노동, 조합, 싸움, 생활 등의 구체적 언표를 통해 KAPF의 영향을 연상하게 하는 시편들이 보이지만 패배 의식이 짙은 대지 위에서 희망을 욕망하는 낭만주의적 경향도 발견할 수 있고 민족의 현실 의식을 놓치지 않으면서도 인간 내면의 갈등과 회복에 대한 희망이 드러나기도 한다. 2시집인 『만가』1938에서는 30년대 중·후반의 모더니즘에 잠식된 경향을 보여주는가 하면 현실과 접맥하며 격정적이지만 변민에 찬 시인만의 상여의 노래를 완성한다. 이 시기 윤곤강의 시론은 리얼리즘에 닿아 있으면서도 리얼리즘의 진실성에 대한 고민으로 점철되어 있는데 이는 현실을 배제하고서는 존재의 의의를 탐구할 수 없다는 입장이 그의 시정신에 고양되어 있는 것으로 파악된다.

3시집『동물시집』1939과 4시집『빙화』1940는 현실의 문제를 동물의 속성으로 등치시키거나 본원적인 생명의 서정으로 방향을 전환시킨다.『동물시집』은 동물 이미지를 통해 자연 지향성을 보여주면서도 사회 현실을 풍자적으로 묘사하며 주체의 자기 인식 과정과 함께 식민지 근대성을 비판하는 등 한층 원숙한 시 세계로 진입한다. 예컨대 동물원과 식민제국의 도시인 경성을 연결시키려는 시각은 시의 현실성과 예술성을 단순한 이분법적 차원에서 바라보지 않으려는 노력이라 할 수 있다.『빙화』1940는 현실과 기교가 갖는 간극을 고민하며 이를 해결하기 위해 30년대 후반 현대시의 모습을 모더니즘과 상고주의尙古主義의 양단에서 근대성을 추구하며 모더니즘과 리얼리즘의 변증법적 합일의 한 방식이라는 점에서 독자적인 포에지를 획득한다.

해방 이후 발간된 시집인『피리』1948와『살어리』1948는 윤곤강을 해방기 전통주의 시인의 한 양상으로 소급시킨다. 윤곤강은 조지훈, 서정주, 김동리 등이 보여주는 고전의 현대화라는 의식과는 달리 모국어 회복이라는 의식을 강조했다는 점에서 특징적이다. 윤곤강은 조선방언학회의 회원으로 활동할 만큼 언어학에도 관심을 가졌고 식민지기 수용된 근대성을 탈각하고 조선적인 것을 회복하려는 언어 그 자체에 집중했다. 윤곤강이 발간한『고

산가집』1948은 「견회요」, 「오우가」, 「어부사시사」 등 조선시대 고
전시가의 주요 작품을 남긴 윤선도를 소급하며 시의 전통성을
계승하면서도 전통과 풍습을 구분하여 의식하는 정치한 이론적
입각을 통해 자신만의 전통주의를 개관한 대표적 사례라 할 수
있다. 또한 『시와 진실』1948은 김기림의 『시론』1947 이후 한국문
학에서 두 번째로 발간된 시론으로 여기에는 KAPF 시기부터 해
방에 이르기까지 문학과 현실을 가로지르는 언어·철학·정치적
상관관계를 검토하며 개인의 문학적 세계관뿐만 아니라 30년대
후반의 한국문학 이론을 뒷받침한다는 점에서 크게 주목할 만하
다. 그의 시정신은 현실에 대한 진실한 고찰과 개인의 예술적 욕
망의 합일을 통해 이뤄지고 있는데 이는 "『시』를 창작한다는 것
은 (…중략…) 전신적인 한 개의 『질문』이요, 또한 『답변』"이라
는 시인의 언급을 통해서도 확인된다.

3. 윤곤강 문학 연구의 최근 동향

그간 윤곤강에 대한 연구는 비교적 최근에 들어서야 체계적
이고 지속적으로 이루어져 왔다고 할 수 있는데 이는 윤곤강 문
학기념사업회의 주관으로 개최되었던 '윤곤강 문학 학술대회'에
서 비롯하였으며 이에 따라 다양한 접근이 논구되었다. 그 시작
은 시적 태도의 다채로운 변모 과정을 추적한 『대지』에서 『살어

리』까지의 통시적 분석이다. 이 가운데서도『대지』와 후기시집에 해당하는『피리』,『살어리』가 주요 연구 대상으로 주목받고 있는데 그 이유는『대지』의 경우 시인의 첫 시집이라는 특징이 있을 것이며『피리』,『살어리』의 경우 전통주의 시인으로 변모한 그의 심리적 메커니즘의 논리를 탐구하는 데 적실한 사료가 될 터이다. 먼저『대지』는 봄과 겨울이 혼재하는 갈등의 시원으로 겨울의 혹독한 시련을 견디는 온존의 세계이자 생명을 노래하는 낙원의 모상模像이다. 그런가 하면『대지』는 노동하는 자의 의지와 휴식이라는 몽상을 하나의 공간에 합일시킬 수 있는 유일한 공간이며 이 점에서『대지』는 시인에게 있어 본원적이며 이상적인 장소이다. 이러한 해석은 그간 시인의 KAPF 활동을 증거로 그의 작품을 프로문학의 관점에서 해석하려는 시도들과는 차별성을 보여주는 것으로 윤곤강 시를 다각적으로 분석하는 시선 확대를 가능하게 해준다. 후기 시집인『피리』와『살어리』는 고려가요의 형식을 인유하여 전통주의의 한계에 부딪혔다는 평가를 받았음에도 불구하고 해방 이전에 발표된 시집에서 보여주었던 격정적이고 응축된 감정을 해소시키고 정렬하는 기능을 하며 전통을 과정 그자체로 파악하며 정적인 것이 아니라 살아있는 것으로 보는 전통의 변주에 대한 새로운 인식을 부여한다.

윤곤강의 전기적 사실에 입각하여 소시민층 의식이라는 관점은 부르주아 집안의 출신으로 후기 KAPF에 가담하였지만 내면 깊숙이 잠식해 있는 소시민 의식이 그의 정치적 활동과 문학적 활동을 위축시키는 결과를 초래했을 것으로 판단한다. 더불어 문예사조에 대한 윤곤강의 폭넓은 관심과 새로운 것에 대한 욕망을 전기적으로 추적해 가며 그의 작품 세계에 대해 모더니즘에서 정합성을 찾는 연구는 그의 시적 특성을 시론과의 상관성을 구명하는 것이라 할 수 있다. 전통론을 주장한 후기 시론에서는 민족주의적 관점에서 윤곤강이 가진 역사 의식과 시 창작이 결부되는 지점을 찾고 있는데 이는 시론과 시의 일치 문제는 부분적으로 실천되었으나 민족어의 명맥을 이어준 시인이자, 일제 강점기와 해방 공간이라는 시대 현실에 대한 절박한 응전의 차원을 보여준 시인이라고 해석하고 있다는 점에서 의의가 있다.

윤곤강 문학의 장소성 연구들은 윤곤강의 바다 시편, 서라벌 시편, 옛마을 시편 등을 중심으로 장소성Sense of place을 고찰하는 것이다. 30년대 바다에 대한 논의는 정지용, 임화, 김기림 등으로 국한되어 있었으나 이 같은 논의를 통해 윤곤강의 바다 시편을 재독할 수 있다는 사실은 주목을 요한다. 바다는 항구의 슬픔과 애환을 드러내면서도 식민지 현실에서 희망을 잃지 않는 시인의 내면 의식이 투영된 장소로 기능한다. 그러면서도 윤곤강에게 있어 바다는 고독함을 보여주는 표상으로 기능하는 역설적 면모를 보이면서 해방에 대한 기쁨과 민족의 화해에 대한 염원이 담긴 장소로 전유되고 있다. 아울러 『피리』와 『살어리』에 등장하는 서라벌과 옛마을 공간이 일본이 유도하였던 동양의 복고 이미지에서 자유롭지 않았던 사실을 당시 정치적 상황과 무관하지 않은 것으로 파악하고 시인의 이상 공간인 옛마을로 수렴되고 있다는 점에서 의미를 지닌다.

　이러한 논의와 함께 윤곤강의 문학사적 위치를 재전유하려는 논의도 이어지고 있다. 이 과정에서 시인의 작품을 전수적으로 파악하여 40년대 초반 윤곤강의 작품을 주요 텍스트로 삼은 논의들은 주목할 만하다. 가령 기차와 길 표상을 중심으로 40년 이후부터 해방 직전까지 발표된 시들이 「밤차」에서 「박쥐」를 거쳐 「여로」로 이어지는 시간 동안 윤곤강의 의식이 중일 전쟁과 세계대전으로 확산되는 현실 공간인 길 위에서도 전속력으로 달려가는 기차처럼 일상 생활을 존속해야만 하는 식민지 지식인의 딜레마로 요약될 수 있는 것이었다. 윤곤강의 시론을 바탕으로 그가 지향하고자 했던 시인-되기의 과정 또한 생활을 견인해 가는 차원에서 인식되는 것이며 자기 갱신의 방법론을 통해 계급문학의 기율이나 전체주의적 창작 방법론의 비전과도 거리를 두면서 상위의 차원의 시적 비전을 수행해 왔던 것이다. 윤곤강에게 있어 생활의 문제는 주어진 현실을 개진해 나갈 수 있는 비전을 발견하는 것이었다. 자신의 주체 양상을 이행해나가면서 자기 주체를 확인하는 이 같은 고행은 사조나 유행에 따르지 않고 묵묵히 시인-되기를 수행하려 했던 것임을 짐작할 때 윤곤강의 시적 전략에 대한 의의가 있다.

　한편 제2동인지기 윤곤강의 활동을 분석한 논의도 꾸준하다. 이 같은 논의들은 37년『자오선』부터 39년『시학』, 40년『신찬 시인집』에 이르기까지 윤곤강의 낭만주의 경향을 토대로 낭만파 운동의 본원적 의미를 규명하고『낭만』동인으로서의 시인의 역할을 살핌과 동시에 30년대 후반 휴지기에 접어들었던 문학적 갈등과 논쟁들을 살피면서 30년대 중·후반 윤곤강의 문단 활동이 가지는 의의를 규명한다. 더불어 윤곤강의 문학이 리얼리즘·순수서정·모더니즘 등 다양한 경향이 혼류되어 있음을 인정하면서 이 다양성을 하나의 경향성으로 꿰어줄 시 의식에 집중하며 그것을 계몽 의식에서 찾고 있다는 최근의 논의는 흥미롭다. 윤곤강은 정치적·사회적 관점보다는 한 차원 근원적인 지점에 현실인식을 놓음으로써 자연에서 이성으로 진보되는 과정 속에서 30년대 현실상이 보여준 오류를 변증법적 계몽 의식으로 풀어낸다. 이를 통해 판단할 수 있는 윤곤강의 문학사적 의의는 계몽과 응전의 정신이 시인의 다변적 시 세계를 관류하는 새로운 시 의식이었다.

4. 결론을 대신하여

『윤곤강 전집』은 시 전집과 비평 전집으로 편제되어 있다. 본 전집은 시집과 시론집 원본을 중심으로 신문·잡지·동인지·사화집 등 여러 지면에 흩어져 있는 시인의 작품을 찾아 정리하였다. 전집의 기능은 다채로운 작품 세계의 편람과 더불어 학술 연구의 편의라는 관점에서도 크지만 작품의 정본으로서 올바른 보존에 그 무게를 더 두어야 한다고 생각한다. 정본의 역할을 하기 위해 시인의 작품 활동이 드물었던 1941년~해방 직후까지의 행적을 찾기 위해 노력하였다. 이 과정에서 알 수 있었던 것은 시인의 애국정신과 한글로 시를 노래하려는 투철한 정신이었다. 이같은 민족주의적 경향은 30년대 후반 신진 시인의 감각을 끊임없이 수급하면서도, 민족적 위기에 맞선 새로운 주제 의식에의 탐구 등을 주도했던 『자오선』과 『시학』 등의 동인지 활동과 더불어 활발한 문단 활동을 이어갔던 모습에서도 발견할 수 있다. 30년대 후반 제2동인지기를 견인한 윤곤강의 작품 세계를 폭넓은 인식으로 바라보아야 함은 주지의 사실이다. 그의 작품 세계는 김기진, 박영희, 임화, 조지훈 등을 통해 높은 평가를 받아왔으며 그것은 현실과 포에지의 변증법적 합일이라는 독특한 방법론과 시적 욕망이 만들어낸 소산이기 때문이라 할 것이다. 그럼에도 불구하고 짧기만 한 그의 생애를 대변해주기라도 하듯 "괴로운 현실속에서 작고만 상실되는 것을 붓잡을랴노력하엿슴에 불구하고 내성과 양심등의 영탄의 굴네를 버서나지 못였다"는 임화의 회한에 찬 언급처럼 그 작품 세계는 또한 미완으로 남겨진 과제이기도 하다.

『윤곤강 전집―시』의 체제는 시집의 발행순으로 정리하되 미발표 작품과 새롭게 발굴한 작품을 덧붙임으로써 시인의 작품 세계를 더욱 폭넓게 참조할 수 있도록 구성하였다. 주지하듯 윤곤강의 문학적 특성은 다변적이고 변증법적이라는 데 있다. 지금까지 많은 연구를 통해 그의 시에 대한 다양한 접근이 이루어졌지만 시인을 둘러싼 리얼리즘·모더니즘·낭만주의의 문제는 매우 중요한 논점이라 할 수 있다. 『윤곤강 전집―시』는 이에 대한 적실한 자료로 기능함으로써 연구자들에게 윤곤강의 작품 세계를 적확하게 접근하도록 도움을 줄 수 있을 것으로 기대한다. 윤곤강은 시도 다작하였지만 그의 비평적 업적 또한 주목하지 않을 수 없다. 그의 시적 특성은 시론과의 상관성을 구명하는 것에서도 특징을 갖고 있다. 시인이 줄곧 강조해왔던 중론은 포에지를 강조하는 것이었다. 그것은 시정신으로 해석할 수 있으며 내용이나 형식의 측면에 국한되는 것이 아니라 생활을 점유하고 태도를 관철시킨다는 점에서 시인은 포에지와는 상반된 현실의 영역에까지 끌어들임으로써 리얼리즘과 모더니즘, 그리고 낭만주의와 같은 문예사조를 혼재시키는 변증법적 사유로 자신의 시론을 개진시켜 갔다. 이 과정에서 드러나는 것은 결국 '나'라는 주체이며 '나'라는 정당성을 이데올로기에 투신시키지 않기 위해 그는 해방 이후 전통주의 시론을 내세우게 된다.

『윤곤강 전집―시』는 그의 작품 세계와 시정신을 계승하고 보존하기 위한 노력의 일환이다. 이와 동시에 앞으로 이루어질 시인에 대한 연구가 한국문학사에 대한 재독으로 이어지고 한국문학 연구에 이바지할 수 있도록 하는 것에 궁극적인 목적이 있다. 이에 무엇보다 윤곤강의 문학을 더욱 폭넓게 해석하고 그의 작품 세계를 이해함에 있어 편리한 자료집이 될 수 있도록 하였다. 『윤곤강 전집-시』가 발간될 수 있도록 노력해주신 충청남도와 서산시 그리고 윤곤강 문학기념사업회와 회원들께 감사의 인사를 전한다. 더불어 책이 잘 갈무리될 수 있도록 도움을 주신 소명출판에 감사의 말씀을 전한다. 앞으로 『윤곤강 전집-시』를 통해 보다 많은 문학 연구자들과 독자들이 윤곤강의 시 세계와 작품성을 다채로운 관점에서 습득하고 감상할 수 있는 기회가 되길 바란다.

2023년 10월
윤곤강 문학기념사업회
회장 박주택

차례

대지
大地

1937

Address Yourself to Young People; They know Everything.

Joubert Thoughts

갈망 渴望

뼈저린 눈보라의 공세에 대지는 명태 같이 말라붙고
겨울은 상기 냉혹한 채찍을 흔들며
지상의 온갖 것을 모조리 집어먹으려 한다!
멀미 나는 고난의 밤 겨울도 이제는 맛창이 날 때도 되었건만
아직도 끊길 줄 모르고 몰려드는 북풍의 공세!

그놈의 공세의 북향을 노리면서
견딜 수 없는 봄의 갈망에 흐느껴 울다가
이제는 울 기운조차 없어지고야 만 애달픈 목숨들이
여기에 사체와 같이 누워 있다!
진물 나는 눈동자처럼 맥없이 쓰러지는 겨울날의 태양아!

너는 우리들의 굳센 의욕을 알리라!
어서! 분마奔馬와 같이 걸음을 달려라!
냉혹한 겨울을 몰아낼 봄바람을 실어오기 위하여 ——.

갈망에 가슴 졸이는 우리가 두 손을 쩍 벌리고 그놈을 안아
드릴 날,

오고야 말 그놈을 한시라도 쉽게 걷어잡고 싶은 말 못 할 갈망이여!

지상의 온갖 것을 겨울의 품으로부터 빼앗고 향기로운 봄의 품 안에다 그것들을 덥석! 안겨 주고픈 불타는 갈망이여!

봄의 환상幻想

양털 같은 바람이 한케 두케 두터워지는 동안
장ㅅ대 같은 고드름은 녹아 떨어졌다.

씰그러진 추녀 끝에 잠만 자던 늙은 먼지들도
긴 하품, 늘어진 기지개에 묵은 꿈을 걷어챘다.

우수도 지나고
경칩도 춘분도 지났다.

수분과 태양을 빨아 먹은 비만한 언덕에
개나리도 제멋대로 어우러졌다.

강남 간 제비도 옛 보금자리가 다시 그리워
묵은 둥지에 새 진흙을 칠할 날이 머지않다.

두더지의 별명을 듣는 마을 사람들이
쌀 항아리의 밑바닥을 긁는 날
풀뿌리를 먹고 부황이 날 보릿고개도 머지않다.

뼈를 쑤시는 엄동, 지리한 낮과 밤을
땅속에서 졸던 개구리 떼가 하품을 하면,

건너 마을 수리조합ㅅ벌에는
또 다시 힘 얻는 농부가가 들리리라

향수鄉愁 1

재를 넘는 해가 석양을 수놓고
시냇물처럼 맑은 바람이
조용한 발자국으로 내 방을 찾아오나니
두 눈을 감고 오늘도 휘파람이나 불어보자!

살창 밖 벗나무 잎이 나풀거리고
해ㅅ그림자 끔벅! 구름은 스르르!
향수는 내 가슴을 어루만지노니
쪼그리고 앉아, 오늘도 북쪽 하늘이나 쳐다보자!

향수^{鄕愁} 2

마당ㅅ가 벚나무 잎이 모조리 떨어지던 날
나는 눈앞까지 치민 겨울을 보고 악이 받쳐,
심술쟁이 바람을 마음의 어금니로 질겅질겅 씹어보다
나를 이곳에 꿇어앉힌 그 자식을 씹어보듯이…………

「장수일기」에서

향수^{鄉愁} 3

싸락눈이 산처럼 쌓이고 쌓이는 밤

얼음쪽 같은 마루판 위에 베개도 없이 모로 누워,

달아나는 꿈자리를 두 손으로 움켜잡을 때

먼지에 찌든 쾨쾨한 나의 향수는 고드름처럼 굳어버리다

「장수일기」에서

일기초 ^{日記抄}

I

7월 15일

나무 장판 한 구석에
네모진 나무 뚜껑이 덮였다
에! 구려……
취각^{臭覺}을 잃은 선주민^{先住民}들이
찌푸린 내 얼굴을 노린다.

II

7월 16일

내음새
내음새
썩어터지는 내음새!
── 오늘도 나는
어서 취각^{臭覺}이 상실될 날을 고대한다.

「장수일기」에서

항가점경港街點景

저녁 안개를 뚫고
일손을 놓는 뚜 — 가
칼소 — 의 목청을 흉낼 때,

호수는 성낸 사자처럼 부두를 물어뜯고
갈매기 떼는 퍼-ㄹ 퍼-ㄹ
오늘의 마지막 백기행렬을 꾸미고 지나갔다.

정다운 쌍둥이처럼,
우뚝- 하늘을 치받은 연통煙筒 밑 ——
기숙사 드높은 창문에는
명태 같은 얼굴을 내민 촌색시들이
바다 건너 그리운 고향을 꿈꿀 때,

보름달보다도 더 밝은 전등의 거리에는
양의 두뇌를 쓴 선량한 시민 남녀가
콩알만 한 또 하루의 복을 빌기 위하여
교회당 층층다리를 기어 올라가고,

밤안개 속 저편에서는
항구를 떠나는 밤ㅅ배가
출범의 BO-를 울린다.

동면^{冬眠}

시퍼렇게 얼어붙은 얼음ㅅ장!
그러나! 귀를 기울이고 들어를 보렴!
그 밑을 관류하는 거센 물ㅅ줄기의 음향을 ──

찬바람의 견딜 수 없는 공세에 백기를 들고
패배의 구렁에 흐느껴 울던
저- 언덕 나뭇가지들의 푸른 힘줄을!

칼날 같은 이빨^齒로
온갖 것을 씹어 삼키려던 북풍도
이제는 가쁜 숨소리를 남기고 달아나리로다.

아아 미쳐 날뛰는 찬바람의 계절 ──
그놈은 온갖 것을 모조리 앗아갔다!

단 하나밖에 없는 창ㅅ살 틈으로
겨울날 태양의 한줄기가 새어듦을 보고
내 사랑하는 친구들은 오늘도,
누-렇게 썩은 얼굴을 움직이고 있으리라!

태양에 굶은 인간의 넋이여!
두말을 말고 네 가슴을 네 손으로 짚어보렴!

가슴속 깊이깊이 한줄기 아련한 봄노래가 삐악! 소리를 치고
멀미 나는 우수가 몸서리치며 달아날,
그리하여 열화에 넘치는 태양이 눈부시게 내리쪼일 그날을
너는 전신을 다하여 목격할 수 있으리니

그때! 사랑하는 친구들도 돌아오리로다!

쩡! 갈라지는 얼음ㅅ장의 외우침!
──── 아무런 속박도 앙탈도 그놈에게는 자유이다!
보아라! 거북龜의 잔등처럼 가로세로 금線을 그으며
지심地心을 뚫고 내솟는 자유의 혼, 실행의 힘이,
한 걸음 두 걸음 다가오는 계절의 목덜미를 걷어잡고
지상의 온갖 헤게모니-를 잡으려는 첫소리를!

오오 동면의 혼이여!
기지개를 켜고 우수수 털며 일어나는 실행의 힘이여!
나는 이를 악물고 가슴을 졸이면서
네 다리에 피가 흐를 때까지 채찍을 (더ㅉ)하련다.

대지大地

언덕 풀밭에는 노-란 싹이 돋아나고
나뭇가지마다 소담스런 이파리가 터져 나온다
쪼그라진 초가 추녀 끝에 창ㅅ처럼 꽂힌 고드름이
햇볕에 하나둘씩 녹아 떨어지던ㅅ날이 어제 같건만……

악을 쓰며 달려드는 찬바람과 눈보라에 넋을 잃고
고달픈 새우잠을 자던 대지가
아마도 고드름 떨어지는 소리에 선잠을 깨었나 보다!
얼마나 우리는 고대하였던가?
병들어 누워 일어날 줄 모르고 새우잠만 자는 사랑스런 대
지가
하루 바삐 잠을 깨어 부수수! 털고 일어나는 그날을!

흙내음새가 그립고,
굴속 같은 방구석에 웅크리고 앉았기는
오히려 광이를 잡고 주림을 참는 것만도 못하여——

지상의 온갖 것을 네 품 안에 모조리 걷어잡고

참을 수 없는 기쁨에 곤두러진 대지야!

풀뿌리로, 나뭇가지로,
지저귀는 새 떼, 아름풋한 아지랑이,
흐르는 샘 천^泉ㅅ물, 속삭이는 바람^風……
무엇 하나이고 네 것 아님이 없구나!

오! 두말 말어다, 이제부터 우리는
활개를 쩍! 벌리고 마음껏 기지개를 켜볼 수 있고
훈훈한 태양을 품 안에 덥석! 안아볼 수가 있다!
허파가 부서지고 핏줄이 끊어질 때까지라도 좋다!

항상 네가 원하는 것이라면 무엇이고
그놈을 굳건히 걷어잡아라!
그곳에 영원한 대지의 교훈이 있다!

대지大地 2

소낙비 한줄금 지나간 다음 ──
젖빛 안개ㅅ속에서 태양은 눈을 뜨고
하늘은 푸른 바다처럼 다시 개어 벗어지면

황새는
푸른 장막의 한끝을 물고
휘-ㄹ 휠 백선白扇을 내젓고

아카시아 그늘을 좋아하는 검정 암소는
색이 든 풀잎을 입에 문 채 게염을 질을 때 ──

대지에는
황홀한 여름의 정기가 기지개를 편다.

고깃덩이처럼 탐스럽게
부풀어 오는 검붉은 흙 속에
어린 뿌리를 처박고
지평 저- 끝까지 초록빛 물결을 그리는 벼 포기!

나는
소담스런 그 모양에 넋을 잃고
꿈속 같은 황홀 속에 눈을 감는다!

오오
어머니의 젖가슴 같은 흙의 자애여!
삶을 탐내는 놈에겐『생生의 봄』을 선사하고

죽음을 가져올 놈에겐
『사死의 겨울』을 선고하는 영원한 자연의 어머니여!

가을마다
가을마다
빗자루만 털고
복장을 치고 통곡을 해도 시원치 않건만……

그래도
봄이 오면
흙이 그립고
개구리의 하-얀 배때기가 보고파
길고도 오-랜 인종忍從의 굴레를 못 벗는 인간의 약점을 나는 생각한다!

해마다 봄이 오면
언제나 변함없이
쟁기와 괭이가 기어 나오고
온갖 씨 종자가 뿌려지고
물싸움, 품싸움, 비료싸움……

그리하여 온 대지에
스담스런 곡식들의 숨소리를 듣는다!
흙을 사랑하는 까닭이다!
총알보다도 더 따가운 지내간 살림살이에
몸ㅅ서리를 치고 이를 악무는 것도……

보아라!
푸른 옷을 떨치고
높다란 하늘을 쳐다보는
벼 포기의 분열식을 ──
꾀꼬리를 울릴 만치 노-랗게 익은
양참외의 산병진散兵陣을 ──

오오

대지에 넘쳐흐르는 성장의 숨소리여!

그리고, 자라나는 것들의 걷잡을 수 없는 욕구여!

나는 알지 못하는 동안에

두 손을 들어 내 가슴을 짚어 본다.

병자·여름

바다

갑판甲板 위에서

푸른 물결이 용솟음치는
바다의 한복판 ──

바람은 물결을 몰고
몰리는 물결은 뱃머리를 갈기니

비어飛魚는
꽃잎 배처럼 흘러가고
갈매기는 백기처럼
펄 펄 날아갈 때,

갑판 위에
두 다리 비벼 세우고
아마득-한 하늘 끝 ──
푸른 섬島을 지키는 붉은 등대를 노리면서
지금 내 가슴은 바다가 주는 말 못 할 기백을 씹어 먹노니,

바다여!

백발을 모르는 구원久遠한 청춘이여!
검푸른 네 얼굴에 불타는 의욕이여!
그 무엇에게도 굴종하지 않는 불굴의 인간 혼이여!
불타는 네 억센 의욕을 나는 사랑한다!

내 마음의 젊었던 그 시절 ──
성낸 사자처럼 성낸 사자처럼
오-직 기탄없이 뛰어나가는 내 마음의 젊었던 그 시절!

오오
피 끓는 가슴이여!
청년다운 의기여!
용감스런 전진이여!
거센 물결 같은 불굴의 힘이여!

그것을 나는 너에게 탐낸다!
말 못 할 굴욕에 몸서리를 치고
가슴을 치며 쓰러진 내 마음에
밑바닥까지 스며드는 네 의욕!

오! 바다
나는 네 기백을 사랑하다

광풍狂風

R에게

오다가 길을 잃은 미친 바람이
창문을 두드려 잠든 나를 깨웠다!

지금은 혀ㅅ끝 같은 초생ㅅ달만 밤을 지키는 자정!
── 이런 때면 언제나 찾아오는 네 생각!
오오 눈앞에 그려지는 또렷한 네 얼굴 네 음성 네 손ㅅ길
……

칼로 저민 듯 또렷한 네 생각이
잠 깨인 내 가슴속에 짜릿하게 스며들어
말 못 할 그리움의 물ㅅ결을 그려주노니
사랑하는 내 친구여 너는 항상 말했느니라!
바다 같이 훠-ㄴ한 『영내ㅅ벌』 한구석에 불쑥 ── 솟은 『우름산』 밑
오막살이 초가가 네 집이요
그 속에 소처럼 일하다 꼬부라진 네 아버지가 있고
파뿌리 같이 하-얀 머리칼과 갈퀴ㅅ살 같은 손을 가진 네 어머니가 있고

또 대를 이은『황소』네 형님이 살고 있다고 ──

네가 땅속ㅅ길을 휘벼 다니던 그 시절 ──
밤 깊이 이 들창을 두드리며 은근히 나를 부르는 그 음성이
지금도 내 귀에 쟁쟁! 울고 있다!
(── 그것은 얼마나 또렷하게 나의 고막을 울렸던가?)

처음 그 소리를 들을 때
나는 반가움보다도 오히려 두려움이 앞섰더니라!
(── 저놈은 눈물도 없고 괴로움도 없나?)

그러나 날이 가는 동안에, 사랑하는 내 친구여!
나는 너의 부르는 소리에 반겨 문을 열어주었고
흐릿하게 엉켰던 내 마음속 의심의 뭉치는
새벽하늘처럼 개어 벗어지고야 말았더니라!

아니 그보다도,
오히려 나는 적적함을 참을 수가 없었다
창문을 두드리는 네 음성을 못 듣는 밤이면 ──.

승리의 노래에 가슴을 태우는 불수레 화차를
너와 한가지 휘몰고 내달릴 때!

그리고 새로운 것과 낡은 것의 불닷는 성화ㅅ속에서
너와 한가지 참된 노래를 가슴속에 아로새길 때!

그때였다!
내리는 눈雪을 지는 꽃잎으로 보던 내 생각이 곤두재조를
넘은 것은 ─
그리고, 계절의 품속에서 『봄』을 찾지 못하고
『방 안』에다 『봄』을 가꾸려던 어리석은 내 노래가
뒤집혀진 곡조曲調를 소리 높여 외치게 된 것은 ──

그러나! 『봄』을 거역拒逆하는 미친 바람이
또 한 번 거리를 휩쓸고 지나간 지금
너와 나는 같은 하늘 밑에 숨 쉬는 딴 세상ㅅ사람이 되고
말았다!

오! 뚜렷하게도 떠오르는 네 생각에
내 눈은 지금 새벽하늘처럼 개어 벗어지고
잠은 비호처럼 천리만리 달아난다!

덜컹! 덜컹! 창문을 두드린 것은 네 손이 아니요
늦겨울ㅅ밤하늘 위에 길을 잃은 미친 바람의 손ㅅ버릇임
을 번연히 알건만

계절季節

I

벌써 옛이야기가 되었다!
수많은 젊은 자식들이 태양의 노래를 외치던 그날은 ——

지금은 찬바람 몰아치는 계절!
쓸개를 빠트린 젊은 자식들이
패배의 독주를 들이마시고
맥없는 습성의 되풀이 속에 질식된 지역!

II

오오 멀미 나는 습성의 되풀이여!
흘려보낸 어제는 오늘을
닥쳐온 오늘은 다시 올 내일을……
—— 이렇게 낮과 밤이 되풀이될 때
거짓의 씨는 여름날 구더기처럼 새끼를 치노니

굴속처럼 캄캄한 앞길이여!
굼벵이처럼 비약을 모르는 생활이여!

III

생각지도 말고
바라지도 말고
탐내지도 말고
이야기도 말고
건드리지도 말리라!
그러나 눈만 뜨면 찾아오는 의식의 영혼이
소리를 치며 내 잠꼬대를 엿가루처럼 부숴 버리도다!

IIII

오! 가슴 아픈 과거의 회상 ―
가장 가까웠던 그놈,
가장 미워할 그놈!
가장 참되다 믿었던 그놈,

가장 더러운 개!

·········승리의 꿈을 타고
우리가 기쁨에 날뛸 때
간사한 애교를 부리며 그놈은 대어 들고
우리가 가시덤풀을 기어갈 때
그놈은 꽁무니를 빼고 숨어 버리고
화살을 맞고 우리가 쓰러질 때
치 떨리는 코웃음을 그놈은 선사했다.

V

지금 ──
기둥은 쓰러지고
대들보는 가라앉아
식구들은 뿔뿔이 흩어지고
껄껄대는 그놈의 조소에 뼈가 녹노니,

마음속의 약한 근성아!
차라리 내 신경이 백골처럼 감각이 없다면
마음의 바다에 파도는 일지 않을 것을 ──

차라리 내일이라는 앞날에 무덤이 없다면
나는 영원한 청춘을 희구할 필요는 없을 것을 ──

창공蒼空

풀잎 위에 서리 매달리고 목맞인 벌레 떼 눈물 짜는 늦가
을ㅅ밤
유리쪽 같이 개어 부서진 하늘을 볼 때
얼마나 그것은 깊이와 길이를, 그리고 넓이를 가졌는가?

돌 틈에서 뿜는 샘ㅅ물 같이 맑고도 시원한 맛味이
그 속에 숨어 있음이여!
나의 온 몸뚱이까지 덥석! 집어 마실 듯한 신기로운 맛味이
그 속에 있다!

참으로 참으로
길고도 오랜 날과 밤을
햇빛 없는 그 속에서 살아본 인간만이 맛볼 수 있는……

여기는 키다리 병정『포푸라』나무들의
검푸른 잎사귀 하늘 걸리는 역내驛川뚝防築
때는 보름ㅅ달 마저 홍시처럼 빨갛게 불붙은 밤!
달빛은 방죽 저수지 안에 담긴 물을『거울』삼아

벼 이삭 고개 숙인 『역내ㅅ벌』수리조합촌의 늦가을ㅅ밤
풍경의 화상을 그리었구나!

오! 아름답고 살진 자연
무엇이 여기에 나타나 『삶』을 협박하겠느냐?

……눈만 뜨면 두더지처럼 땅만 뒤지고
그것만이 단 하나뿐인 사람에게는
이러한 아름답고 기름진 자연도 가져서는 못 쓰는가?

그렇다! 이 밤에도 남아 있는 동무는
무릎을 꿇고 저 달을 쳐다보리라!
네모진 창틈으로 보이는 달은 유난히도 더 커뵈더니라!
탄력 한 푼어치 없는 새하얀 얼굴에 휘-ㅇ하게 들어박힌
눈동자야!

아아 옛이야기 속에서만 찾아볼 수 있는 역사ㄲ±가 될 수
있다면
덥석 두 손으로 들어다가 기름진 이 풍경의 이모저모를 보
여주고도 싶구나!
거미줄 얽힌 네모진 창틈으로나마 보고프리라! 보고프리라!

그리고 몸을 태워 버리고라도 바꾸고픈 자유의 갈망

　그것만이 영원한 애인인 인간의 넋이여!

　여우 같은 매력魅力이라고 말하기에는 너무나 그 값이 떨어

진 구원한 갈망이여!

　앞으로 몇 번 몇십 번, 아니 몇백 번 몇만 번이나, 우리는

　같은 갈망을 가슴에 품고 밤과 낮의 구별도 없이 가슴을

태우잔 말이냐!

　나는 역역히 알고 있다!

　인간의 목숨의 값이 그 얼마나 높은 것인가를!

　우리가 죽잖고 따地球의 품 안에 숨 쉬는 동안까지는

　정녕코 어김없이 살과 살을 맛대어 볼 수 있고 말과 말을

전해 볼 수가 있다는 것을!

　오오! 지리지리한 절름발이놈 세월아!

　눈 한 번 깜박일 틈에 억천만리 달아난다고

　너를 영탄한 옛 시인의 애수에

　두 손을 높이 들어 나는 고별의 신호를 보낸다!

들

맥 풀린 두 팔에 매어달려 오르락! 내리락!
무디고 무딘 괭이 날이
붉은 흙을 뒤지고 뒤질 때⋯⋯⋯⋯⋯⋯⋯

저녁노을은 온 들을 뒤덮었다!

아픈 허리를 펴고,
늘어진 고개를 들고,
그는 아마득한 벌판을 내어다본다!
── 굽이굽이 뻗어나간 모래 이랑 위에
푸른 바다처럼 물결치는 보리밭!

아! 삼동도 지리지리
멀미 나는 날과 밤을!
견딜 수 없는 추위에
바스스! 떨던 보리 싹이
저렇게도 탐스럽게 자라나다니!

능청맞은 여름의 손아귀는
어느새 오-ㄴ 땅덩이를 차지했나?
── 넋 없이 바라보는 그의 눈은
간난이의 모양을 그려 본다!
파랑 치마에 쌍끗! 웃음 짓는 간난이
순간! 그의 눈은
머지않은 앞날………

지긋지긋한 「보리고개」를 그려 본다.
그리고, 알지 못하는 동안에, 그는 부르짖는다!

── 내 언제 일 안 하고 놀아 보았던가?
언제 하룻들! 언제 단 하루인들………

애상 哀想

매독 같이 파-란 하늘에
양털 같은 구름이 뭉게뭉게

고요한 대낮은
수면제처럼 졸음을 유혹할 때,
검푸른 나뭇잎들은 숨을 죽이고,
종달새도 밭고랑으로 내려앉았다!

하나둘씩 피어난 보리 이삭들이
시루죽은 미풍에 귀속 이야기를 주고받을 때
누가 오는가 싶어 고개 돌려 보고
얄궂은 한숨에 하늘을 보는 마음!

오늘도, 무디고 무딘 호미 날은
붉은 흙을 뒤지고 뒤지어
벌써 해는 한나절이 제웠구나!

아!

해마다 오는 보리고개는
언제나 변함없는 주림의 나라!
마음은 항상 들에,
삶과 주림의 일도가 그 속에 있는 붉은 흙에서
단 한 번도 떠나본 적이 없건만 ——.

가을의 송가頌歌

해맑은 하늘에는
멍석만 한 보름ㅅ달이
떼 기러기를 울려 보낼 제,

들에는

황파黃波의 무르녹는 곡식들
제 무게에 고개 숙이고,
밤ㅅ서리를 뒤어쓴 숲속에
벌레 떼는 침묵을 쪼갠다!

아아 추워………
장차 음습할 찬바람의 무서운 경고와도 같이……

머지않은 앞날 ——
저 언덕에 수렛ㅅ소리 들리면
피땀 짜먹은 곡식을
값없는 탄식과 맞바꿀………

보라!
몇만 번의 가을이
이렇게 오고 갔는가!

가두街頭에 흘린 시詩

그 사나이의 제이부인第二婦人 삽화挿話

영하 사도!
주판알로만 안락을 흥정할 수 있다고 신념하는 그 사나이
의 제이부인第二婦人이
삼칠년식 포-드로 아스팔트를 스케-팅한 다음,

뒤미처 따라대어서는 또 한 놈의 포-드!
그 속에는 피아노마저 끓여 먹은 젊은 음악가 S군이 타고
간다

무엇이고 유선형流線型을 좋아하는 그 여자의 구미에도
주판알로만 안락을 흥정할 수 있다는 그 사나이의
유선형流線型 배때기만은 싫증이 났나?

광상狂想

아침 해가 대지를 굽어볼 때,
들국화 우거진 가을 언덕 위에
해를 향하여 두 활개를 치고,
못에 뛰어든 어항 속 금붕어처럼
입을 벌리어 대기를 빨아 보다!

○

날과 날을
노동과 피곤 속에 파묻고,
해만 지면 밤마다
　거운『커피-』한 잔에 흥분을 죽여 보려는 어리석은 마음이
　알맞은 유리쪽처럼 갈가리 부서지다!

○

　오!『패북』이여!
　는『소태』처럼 쓰더라!
　천못하는 신념이여!
　는『헌듸』처럼 가렵더라!

병자 10월

고별告別 I

·

　가고야 말다니
　가고야 말다니
　기어코 기어코, 오! 네가 네가, 그 길을 가 버리고야 말다
니……

　왜, 이렇게도,
　떨쳐 버리고 가야만 되었더란 말이냐?
　있어야만 할 너, 단 하나뿐인 네가…………

　여기는 이별의 지점, 중앙 지대!
　그리고, 가는 곳은 밤낮 사흘ㅅ길, 머나먼 북방의 나라!

　어리석은 사람들은 말하리라, 이렇게,
　육친의 사랑이다!
　동기의 사랑이다!
　이성의 사랑이다! —— 라고,

　그러나!

비웃을 자가 있거든 비웃으래라!

저이들 마음대로 하고픈 대로, 내버려 두렴아! 천 번이고 만 번이고……

오-직

있어야만 할 너,

없어서는 견딜 수 없는 너,

오!

엽전 한 푼어치 값이 못 될 만큼 허구많은 인간ㅅ속에 너 하나만이 없구나! 너 하나만이 보이지를 않는구나!

부풀어 오른 고무풍선처럼, 가슴은

팡! 소리와 함께 터져 버리고야 말 것 같구나!

오오, 뼈저린 기억이여!

살을 한 점 두 점 깎고 앗아내는 슬픔아!

오직 하나인 것, 둘도 없는 동무야!

몸ㅅ서리쳐지는 기억만을 그것만이 아니지만!

우리들과 같이 있게 해다오!

네가 주고 가는 것이라면! 주고 가는 것이라면!

천만 개의『값없는 것』보다는
『값있는 것』하나가 낫기 때문에 ──.

오! 애정이여!
육친의 사랑보다도,
동기의 사랑보다도,
이성異性의 사랑 그것보다도,
우리들 자신 같은 말 못 할 위대한 애정아!

십 년이 흘러 가고,
화살과 같이, 번개와 같이, 석화와 같이, 백 년이 천 년이,
지내더라도
오직 일순간의 이별일 뿐이다, 만나는, 그날까지는 ──
아니, 한 생전 두 번 다시 만나지 못한 대로
이별이 주는 강철인 그 힘은 번개가 되어,
너와 우리ㅅ사이의 공간을 가고 오고, 오고 갈 것이다!

오오! 위대한 슬픔과 항상 같이 있는 가장 큰 기쁨이여!
너는 우리들의 단 하나뿐인 영원한 양식이다!

흐르는 시간이여! 구원한 청춘 세월이여!
우리가 죽지 않고 네 품 안에 안겨 있는 동안에는

떠나는 너와 그와 나에게, 다시 만날 그날을
주지 않고는 못 배기리라!
거기에는 아무런 앙탈도 소용이 없다! 어서 내놓게, 어서!

네 아무리 장하고 큰 힘을 가졌다 해도
고개를 아니 숙일ㅅ줄 아니?
욕구며 강박이요 자연의 가르침인 것을!
오히려 그것이 미래인 너의 직무라고, 애당초부터 믿어두
는 게 좋다!

오오!
사랑보다도 사랑보다도,
우리의 생명 그것 같은 위대한 애정이여!

어느 여인과의 말 못 할 고별의 날에

고별告別 II

전진이 있었다,
한 번도 정지할 줄 모르는
용감스런 전진이었다.

폭풍우 지나간 지금……
썩고 썩은 이 지역에는
회색의 정신이 가득- 차고,
까마귀의 울음만 나날이 시끄럽다!

회색 연기에 눈을 못 뜨고
한 지점에서 맴도는 생활이여!
나는 너에게 고별의 인사를 보낸다!

영원히 새로워질 수 없는 썩은 생활이여!
나는 너의 품에서 순사殉死하기를 거절한다!

오오! 죽지 않는 정열이여!
샘물처럼 스머드는 희망과 신념이여!

삼부곡 三部曲

싸움이여!
피 끓는 정열을 사랑할 때,
너는 피어나는 꽃송이처럼
달콤한 향내를 뿜었다.

싸움이여
피 끓는 정열에 싫증을 낼 때,
너는 얼음ㅅ덩이처럼
차디찬 감각을 뿜었다.

싸움이여!
피 끓는 정열을 배반할 때,
너는 능구리의 독아 毒牙처럼
죽음 같은 공포 恐怖를 뿜었다.

만가

輓歌

1938

산노래를 읊게 해준 그의 가슴속에
병든 이 노래의 꽃씨를 심그노라!

곤강

"만가輓歌" 각서覺書

1. 시집 "만가"는, 나의, 시적 노정의 제2기, 다시 말하면,
   기간시집 "대지" 이후의, 작품집이다.
2. 시집 "만가"는, 정축 사월부터 십이월 말일까지, 약 구
   개월간, 내가 써놓은 시의 총결산이다.
3. 시집 "만가"는, 그러므로, 또한, 초라한, 나의, 생활 호흡
   을, 기록한, 연륜의 한 까닭이기도 하다, 비록, 그것이,
   가장 적고, 보잘것없는 것이라, 할지라도…………
4. 시집 "만가" 속에, 얽어진 시는, 모도 육십이 편으로, 그
   것을, 다시 사장으로 나누어, 꾸며놓은 것이다.

무인戊寅, 맹춘孟春,   곤강

輓
歌

만
가

만가輓歌 I

쇠뭉치처럼 머리가 무거우냐?
사방을 에워싼 어둔 방 안의 멀미냐?
그믐밤보다도 어둡고 슬픈 대낮이냐?
이 세상이 칠퍽거리는 흙탕물을 먹었느냐?

바람希望은 목 놓아 울고
괴롬은 오도도 떠느냐?

옻빛처럼 캄캄한 어둠의 테속 ——
떨어진 이불 속에 흐느끼는 폐부야!
먼지 낀 선반 위에 잠자는 굴욕아!
화석처럼 너는 굳어서 뻐드러졌느냐?

그래도, 흰 깃발은 차마 못 들어
검정 보자기로 기폭을 만들고 싶으냐?

검정 깃발이 까마귀 울음을 부르는 밤
죽음을 외우는 목청은 찢어질 것을……

아아, 어데서 우느냐?
미친 듯 노하여 울부짖는 종소리!

(정축 12월 제야)

만가輓歌 II

Pale Death knocks with impartial foot,

　　At prince's hall and peasant's hut.

HORACE ODES

　── 성낸 물결의 넋두리냐?

숨 막힐 듯 잠자다가도
바람이 은근히 꾀이기만 하면, 금시에
흰 이빨로 허공을 물어뜯는,
죽음아, 너는 성낸 물결의 넋두리냐?

　── 고기에 미친 독수리냐?

죽은 듯 고요한 양지 쪽에
둥주리에서 갓풍긴 병아리를
한숨에 덥석! 채어가는,
죽음아, 너는 독수리의 넋을 닮았느냐?

그가 삶을 탐내어
목숨을 놓지 않고 몸부림쳤건만
울부짖고 발버둥이치며 앙탈도 했건만,

죽음아, 너에겐
아무것도 거칠 것이 없느냐?
물도, 불도, 원통한 목숨까지도………
무엇 하나 너에겐 거칠 것이 없느냐?

사람의 그 누가 살기를 원할 때,
목 놓아 목숨을 불러도 불러 봐도
너에겐 한 방울 눈물도 아깝고,

사람의 그 누가 죽기를 원할 때
죽기를 손꼽아 기다리고 기다려도
너는 그것마저 선뜻 내어주기를 꺼리느냐?

죽음아, 네가 한 번 성내어
피에 주린 주둥아리를 벌리고
식욕에 불타는 발톱을 휘저으면,
섬광의 찰나, 찰나가 줄달음질 치고

도막난 시간, 시간이 끊기고 이어지는 동안
살고 죽는 수수께끼는 번뇌처럼 맴도는 것이냐?
어제(새벽 네 시)

기어코 너는 그의 목숨을 앗아갔고,
오늘(낮 한 시)
유족들의 오열嗚咽하는 소리와 함께
그를 태운 영구차는 바퀴를 굴렸다,
바둑판 같은 묘지 위에 점 하나를 보태기 위하여 ──
오호, 죽음아!

한마디 남김의 말도, 그가 나에게
주고 갈 시간까지 너는 알뜰히도 앗아갔느냐?

바람 불고 구름 낀 대낮이면
음달진 그의 묘지 위에 까마귀가 떠돌고,
달도 별도 없는 검은 밤이면
그의 묘비 밑엔 능구리가 목 놓아 울고,

밤기운을 타고 망령이 일어날 수 있다면
원통히 쓰러진 넋두리들이

히히! 하하! 코웃음 치며 시시덕거리는 대오^{隊伍} 속에

그의 망령도 한자리를 차지하리로다!

정축, 11월, 15일

K의 ■일야

만가輓歌 III

주린 고양이의 마음이로다!
창굴娼窟의 대낮 같은 고달픔이로다!

무엇이고 누구임을
가리지 않고 고대하는 마음………

그것도 가릴 때가 아님을 아노니
아아, 오려무나, 바람처럼 가벼웁게!
걷잡을 수 없는 미친 마음의 품 안으로 ——

기다리는 마음의 안
두 눈알로 몰려들면,

가슴은 북처럼 울고
코는 피리처럼 떨도다!

얼마나 커-단 뜻이기에
얼마나 참을 수 없는 바람이기에

이리도 무섭게 지랄치는 마음이냐?

── 고기에 미친 야수로다!

무덤보다도 괴로운 삶의 몸뚱어리를
피를 좋아하는 호조^{胡鳥}의 주둥아리가
멀미 나도록 파먹고 내버렸노니,

끈적거리는 삶의 성채여!

…………오동마차에 태워
음달진 묘혈로 휘몰아 보낼가 보다!

천 길 벼랑 아래로, 멱살을 부여잡아
만가와 함께 던져 버릴까 보다!

아하!
통곡하는 대지 ──

불꽃아!
광란아!
공소야!

곤두재주야!

주린 고양이처럼
지향 없이 싸대는 마음의 한복판에서
팡! 소리가 저절로 터져 나올 때,
기울이고 엿듣는 귀청은 찢어지거라!

그때 ————
대지의 한끝으로부터
나무가 거꾸러지고
집채가 뒤덮치고
온 땅덩이의 사개가 뒤틀릴 때,

미쳤던 마음은
기쁨의 들창을 열어제치고
하하하! 손벽 치며 웃어주리로다!

오오, 벌거숭이 같은 의욕아!
삶의 손아귀에서 낡은 질서를 빼앗고
낯선 광상곡을 읊어주는 네 마성을
나는 연인처럼 사랑한다.

(정축, 7월, 말일)

빙점氷点

코끼리처럼 느린 걸음으로
무거운 게으름에 엎눌리어
삶의 벌판을 엉금엉금 기어가다가
빙점의 정수배기 위에 얼어붙은 몸뚱어리다!

봄바람은 어디로 갔느냐?
꿈 많은 내 넋두리를 불러일으킬,
새벽녘 건들바람이, 잠자는 배를
머―ㄴ 하늘 밑 바다 위로 몰아치듯 ―――

오!
쓰면서도 달고,
달면서도 쓴,
삶의 술잔아!

얼어붙은 지역의
야윈 형해形骸 위에
마지막으로 부어 줄 독주는 없느냐?

(정축, 11월, 28일)

석문石門

Cowards die many time before their deaths,
The valiant never taste of death but once.

JULIUE CAESAR

안과 밖을 굳이 갈라놓은
싸늘한 돌문 하나가 있다——

밖에서 소리치며 두드린다고
선뜻 열어 주는 일도 없으며,

한 번 열고 들여 주기만 하면
두 번 다시 내보내지 않는 문이다,

이 문을 한 번 들어간 사람은
세상의 온갖 것으로부터 인연을 끊는다,

사람들은 이 문을 죽음이라 부르며 무서워한다,
비록, 개보다도 못한 삶을 누리면서도……

그러나, 들어오기를 무서워하지 않는 사람에게만

반겨 이 문은 모-든 것을 내어 주리라!

(정축, 11월, 8일)

얼어붙은 밤

아련한 봄노래가 그리운 사람은
제 손으로 제 가슴을 짚어 보라!

바다 밑처럼 깊다!
깊을수록 어둠은 두터워
그 속에 온 누리가 숨 막힐 때,

숨통만 발딱거리는 목숨이로다!

하나가 다른 하나를,
다른 하나가 또 다른 하나를,
잇대어 일어나며 몸부림치는 어둠의 광란.

끊일 줄 모르고 마를 줄 모르는 슬픔의 충만.
죽어 넘어지는 넋두리를 움켜잡고
미친 듯 몸부림치는 어둠이다!

멀미 나는 긴긴밤의 어수선한 꿈자리처럼
허구 많은 세월의 장벽을 헤어 뚫고
온 누리에 불을 붙여 주고 싶은 죄스러운 꿈이
유령처럼 늘어선 집채와 거리와 산모롱이에
희게 찢어지는 눈보라처럼 미쳐 날뛰다가
제풀에 지쳐 거꾸러진 참혹한 시간이다!

바위와 사태를 까헤친 산들은
이름 모를 괴물처럼
검은 그림자를 매달고,
허리 곱은 고목들은
밑 없는 어둠의 땅덩이 위에
핏기 없는 앙가슴을 풀어헤치고,
찬바람에게 포효하도다!

대륙과 강, 강과 바다 ───

대륙의 북쪽으로부터 달려드는 광풍아!
강 위에 얼어붙은 슬픈 전설아!
비임과 허거품의 끝없는 실꾸리야!
살아 있는 온갖 것을 얽어 놓은 죽음의 도량아!

무너진 토담 밑에,

얼어붙은 거리 위에,

음달진 뒷골목에,

밤낮 우짖는 바닷가에,

밤마다 올빼미 우는 바위 그늘에,

끊임없이 일어나는 포효다, 통곡이다, 토혈이다!

(정축, 11월, 12일)

붉은 혓바닥

A faint cold fear thrills through my veins.

ROMEO AND JULIET

어둠이 어리운 마음의 밑바닥
촉촉히 젖은 그 언저리에
낼름 돋아난 붉은 혓바닥.

———— 검정 고양이의 울음이로다!

웃는지, 우는지,
알 수 없는 그 소리가
검게, 붉게, 푸르게, 내 맘을 염색할 때,
털끝으로부터 발톱 끝까지
징그럽고 무서운 꿈을 풍기는 동물.

요기妖氣냐?
독초냐?

뱀이냐?

저놈의 눈초리!

동그랗게, 깊고 차게,
마음껏 힘껏, 나를 노려보는 것!

오!
창끝처럼 날카롭구나!
바늘처럼 뾰-족하구나!

(정축, 11월, 30일)

환각幻覺

Melancholy in the nurse of frenzy.

TAMING OF THE SHREW

터-ㅇ 빈 마음의 들 한복판에
외로움이 참을 수 없는 고패고패를 넘고 넘어
허거품이 목전을 지긋이 누르며 성화댈 때,

뭉친 괴로움이 몰려와서 누우니 산이 되고,

몰킨 얄미움이 몰려와서 누우니 언덕이 되고,

길단 속삭임이 스스르 기어와서 누우니 내가 되다.

(정축, 10월, 5일)

육체 內體

푸른 호면을
적요가
자취 없이 더부렁거릴 때,

안개처럼 어리운 우수 속에
허거픈 마음은 잠들 줄 모르고,

고달픈 육체는
운명의 영구차를 타고
검푸른 그림자 길게 누운
음달진 묘지를 부러워한다.

(정축, 10월, 15일)

병^病든 마음

굳은 빗발이
슬픈 목소리로
함석 차양을 녹크하는 늦가을 밤 ——

내 가슴의 덧문을
사정없이 두드리는 그 소리,
병든 마음의 한복판에
바늘을 박는다.

무덤처럼 고요한 방 안에
송장처럼 번듯이 누워
운명의 쇠힘줄을 찌섭을 때,

슬피 우는 그 소리가
내 마음을 조상하도다!

(정축, 10월, 14일)

주문呪文

Curses not loud, but deep.

MACBETH

주문을 외우리라!

네거리도 좋다,
뒷골목도 좋다,
밑바닥도, 한복판도…………
내가 갈 그 길을
유령처럼 더듬어가며,

주문을 외우리라!
질투, 싸움, 계급, 기쁨, 슬픔…………
—— 이런 것들이 빙글빙글
풍차처럼 맴도는 한복판에 버티고 서서,

주문을 외우리라!

푸른 하늘을, 꽃과 나무를,

모래알과 바위를,

쉴 줄 모르는 바다와, 늙은 땅덩이를,

그 위에 세워진 녹슨 제도와 낡은 인습을,

주문을 외우리라!

얼굴은 송장의 표정을 하고

눈은 독수리를 흉내어,

어린애를 채어가는 문둥이처럼 ──.

(정축, 11월, 말일)

사死의비밀秘密

울어도 보았소,
웃어도 보았소,

울지도 않고
웃지도 않고
잠잠히 누워도 보았소.

그러나 ──
만삭의 태아처럼
징그럽게 꿈틀거리는 생각, 생각…………

그때 ── 내 눈앞에
검은 옷을 입은 죽음이, 미소를 띄우고,
큰 목청으로 소리치며 지나갔소 ──

너는 소펜화이엘처럼 못생긴 놈이다!

(정축, 10월, 9일)

면경面鏡

올 사람도 없고
기다릴 사람도 없는
바닷속 같은 방 안——

테 없는 거울,
그 속에 비친 얼굴을
뚫어지라 쏘아볼 때,

누가 자취도 없이 들아와서
저 거울마저 빼앗아 간다면⋯⋯⋯⋯

오오!
소리 없음을 "정적"이라면
외로움은 한 개 색다른 "죽음"이냐?

(정축, 10월, 20일)

東
쪽

동쪽

동東쪽

같이 웃고
같이 울었다
기쁠 때,
슬플 때,

지금——
너는 동쪽,
나는 서쪽,

오늘도
그리움을 안고,
낙엽 진 산비탈에
나 홀로 서서,
슬픔을 씹는다.

(정축, 11월, 25일)

추억 追憶

하늘 위에
별 떼가 얼어붙은 밤,

너와 나 단둘이
오도도 떨면서
싸늘한 밤거리를
말도 없이 걷던 생각,

지금은
한낱 애닲은 기억뿐!
"기억"에는
세부의 묘사가 없다더라!

(정축, 12월, 3일)

암야^{暗夜}

어둠이 망난이처럼
온 누리를 집어삼켰도다!

바늘 한 개만 떨궈도
벼락처럼 귀청을 흔들 정적 속에
두 쌍의 눈알은 올빼미 같다!

날아드는 개똥불도
등불처럼 우리를 놀려주도다!

바삭대는 나뭇잎마저
소낙비처럼 우리를 조롱하도다!

어둠과 악수한 밤의 망령들이
히히히! 코웃음 치며 내닫는도다!

소리도 모습도 없는 것을
듣고 보는 귀와 눈——

귀는 바람 먹은 문풍지로다!
눈은 주린 고양이의 눈알이로다!

오!
눈이 보는 것,
귀가 듣는 소리,

—— 아무것도 없는 것을 듣고 보는 것은
어머니에게 도깨비 이야기를 듣고 자란 탓인가?
나의 파로-마, 너는 알리라!

어디서 우는 쇠북이냐?
아……그 소리마저 비웃는가?

(정축, 6월, 30일)

과거 過去

부질없이 사람은 그것을 울더라!

보잘것없는 과거를
부질없이 울지를 마라.

지난날의 구질한 꿈은
모레 위에 그려진 지도와 같다,

물결이 흰 이빨로 넌지시 물어뜯으면
아무런 앙탈도 없이 바다 밑으로 잠겨 버리노니,

보잘것없는 과거를
부질없이 울지를 마라.

(정축, 7월, 16일)

고백告白

꽃가루처럼
부드러운 숨결이로다!

그 숨결에
시든 내 가슴의 꽃동산에도
화려한 봄 향내가
아지랑이처럼 어리우도다.

금방울처럼
호동그란 눈알이로다!

그 눈알에
굶주린 내 청춘의 황금 촛불이
유황처럼 활활 타오르도다.

얼싸안고
몸부림이라도 쳐볼까,
하늘보다도 높고

바다보다도 더 넓은 기쁨!

오오!
하늘로 솟을까 보다!
땅속으로 숨을까 보다!
주정꾼처럼, 미친놈처럼…………

(정축, 7월, 26일)

별바다의 기억 記憶

기억은 소래처럼 쓰다!

마음의 광야 위에
푸른 눈동자를 가진 밤이 찾아들면,

호졸곤히 지친 넋은
병든 소녀처럼 흐느껴 울고,

울어도 울어도
풀어질 줄 모르는 무거운 슬픔이
안개처럼 안개처럼
내 침실의 창 기슭에 어리면,

마음의 허공에는
고독의 검은 구름이
만조처럼 밀려들고,

—— 이런 때면 언제나
별바다의 기억이
제비처럼 날아든다,

내려다보면
수없는 별 떼가
물논 위에 금가루를 뿌려 놓고,

건너다 보면
어둠 속을 이무기처럼
불 컨 밤차가 도망질치고,

쳐다보면
붉은 편주처럼 쪽달이
동실! 하늘 바다에 떠 있고,

우리들은
나무 그림자 길게 누운 논뚝 위에서
퇴색한 마음을 주홍빛으로 염색하고
오고야 말 그 세계의 꽃송이 같은 비밀을
비둘기처럼 이야기했더니라!

(정축, 6월, 13일)

우울화 憂鬱花

슬픈 마음의 화단 위에
빵긋 피어난 우울화.

흰 송이는 백합,
붉은 송이는 장미.

장미는 내가 갖고,
백합은 당신을 주리다.

(정축, 8월, 10일)

고별천추 告別千秋

But love is blind, and loves cannot see

The pretty follies that themselves commit.

MERCHANT OF VENICE

그가 가 버린 빈 방 안에는

무덤처럼 고요한 이부자리와

아련한 향내만 풍기는 침의寢衣뿐.

한 초 동안의 고별이 천추 같아

길고 긴 슬픔이 불길 되어 활활.

머지않아 문을 두드리는 소리 들리련만

타는 가슴 울음되어 눈물이 촬촬.

(정축, 12월, 29일)

오열嗚咽

슬픔이 내 넋을 씹어 먹을 때,

왜
이렇게
초라하냐?

노랗게
바랜 먼지가
꼬리를 물고 일어나는,
늙고 야윈
이 거리의 상파대기는,

길 건너
십 전짜리 상밥집 ──

좀먹고
찔그러진

그 문 앞에,

털 빠진 노랑 강아지
붉은 혀를 빼물고
하품을 뽑는다.

아!
무겁다,
괴롭다,
싫다!

사랑 —— 소태냐?

싸움 —— 독사냐?

세상 —— 꿈이냐?

—— 소태라면
그 맛은 쓰리라!

—— 독사라면
그놈은 무서우리라!

── 꿈이라면
깨고 나면 쓰러지리라!

아!
무엇을 보든지,
무엇을 먹든지,
무엇을 하든지,
항상,
항상,
찾아오는 것 ──

눈병아!
뱃병아!
슬픔아!

── 이것이 모-든 것이냐?
네게 주어진, 네가 가질 수 있는……

울어도, 목을 놓고,
눈물의 바다가 마를 때까지,
두 무릎에 얼굴을 파묻고 울어 보아도,

가실 줄 모르는 슬픔의 바다!

(정축, 5월, 26일)

ELEGIE

This now the very witching time of night.

HAMLET

안개처럼 가라앉은
마음의 변두리에
악마가 푸른 눈초리로
슬며시 엿보는 밤,

죽지 않는 정열의 풍차가
저절로 미쳐서 빙빙! 돌다가
제풀에 지쳐 주저앉은 시간이다!

송장처럼 다물은 입술 위에
까마귀처럼 떠도는 벙어리 침묵이
가없는 밤의 컴버스 위에다
자줏빛 주문을 그려 놓는 순간,

눈물에 녹아 흐른 마음은
미친 바람에 취한 물고기처럼
슬픔의 바다 한복판에 자맥질치고,

넋이 날아간 몸뚱어리는
어미 잃은 송아지처럼 밤새워 우노니,
나의 파로-마야, 너는 갔느냐?

(정축, 9월, 20일)

월광곡 月光曲

바람이 걸음을 멈추니,

병든 낙엽은
마른 가지 위에 잠들고,

티끌도
쉴 자리를 탐내는 밤,

술 취한 보름달만
밤새를 조롱할 때,

잊을 수 없는 그 꿈이 따짜꾸리 되어
고목인 내 가슴을 쪼아내니,

저도 모르게
내 마음 흐느껴 울도다.

(정축, 11월, 15일)

O·SOLE·MIO

죽어 넘어진 나의 태양을 조상하는 밤,

태양은 죽고,

온 누리에
검은 옷을 입은 밤이
죽어 넘어진 태양을 조상할 때,

달도 없는 밤하늘의
깨알 같은 별 떼를 헤어 보다가
창문마저 닫아 버리고
처음도 끝도 없는 생각에 빠져 있을 때,

뱃속 버러지처럼 꿈틀거리는
지어지지 않는 가지가지 시름이
딱따구리처럼 가슴을 쪼아낸다.

아!
어둠은 어둠을 낳고
어둠은 어둠만을 사랑하고
어둠은 어둠 속에 죽느냐?

(정축, 12월, 3일)

SERENADE

호들기처럼
처량한 마음이로다!

깊이 모를 권태에
목이 마르도다!

푸른 달빛이 울고 간
늙은 창 기슭이로다!

때 묻은 그리움만
먼지처럼 쾨쾨하도다!

꿈마저 잃어버린
터-ㅇ 빈 머리말이로다!

귀뚜라미, 내 마음이
흐느껴 울도다!

(정축, 9월, 1일)

LA · PALOMA

Beauty is a witch

MUCH ADO ABOUT NOTHING

······물찬 제비로다!

이렇게 말해 봐도 시원치 않다,
죄스러울 듯 귀여운 그 모양!

이무기처럼 징그럽도다,
고운 눈초리!

앵두처럼 새빨갛도다,
기름진 입술!

능금처럼 먹고 싶도다,
뜨거운 볼따구니!

박꽃인 양 하-얗도다,
벌어진 이빨!

버들인 양 하늘거리도다,
호촐대는 허리통!

제비인 양 날아갈 듯,
날씬한 몸맵시로다!

두 손으로 턱을 고이고 말없이 앉아
무서울 듯 어여쁜 그 모양을 쏘아볼 때
빵긋 웃는 백합꽃이 송이송이 피어난다.

(정축, 10월, 3일)

夜陰花

야음화

야음화 夜陰花

Mirth cannot move a soul agong

LOYE'S LAROUR'S LOST

금방 이 세상이 끝이나 날 듯이
인어를 닮았다는 계집들의 고기 내음새에
넋두리와 쓸개를 톡톡 털어놓고,

얼굴은 원숭이를 흉내고
걸음은 갈지자를 그리면서
네거리 종각 앞에 오줌을 깔기고,

입으로는 떼카단스를 외우는 무리가
아닌 밤중의 도깨비처럼 싸대는 밤 ──

쇼-·위도-의 검정 휘장에
슬쩍 제 얼굴을 비춰 보고
고양이처럼 지나가는 거리의 아가씨야!

어디선지,
산푸란시스코의 내음새 풍기는 쨰스가
술잔 속에 규라소-를 불어넣는구나!

향기 없는 조화.
자외선 없는 인조 태양.
벽도 땀을 흘리는 「원마遠麻 스토-브」.

돈으로만 살 수 있는 유방의 촉감.
아아! 인조 대리석 테-불 위에 코를 비벼 보는 심정.

(오늘밤, 어느 시골 얼치기가
마지막 논문서를 또 해 먹느냐?)

(정축, 12월, 15일)

토요일土曜日

월,

화,

수,

목,

금,

토,

—— 이렇게 일자가 지나가고,

또다시 오늘은 토요!

일월의 길다란 선로를

말없이 달아나는 기차 —— 나의 생활아!

구둣발에 채인 돌멩이처럼

얼어붙은 운명을 울기만 하려느냐?

(정축, 11월, 12일)

염불念佛

고기를 먹는 중의 노래,

신이여!
(만약, 이런 말을 나도 쓸 수 있다면)
돈을 모아 남처럼 써 보려는 신념 ——
이것이 참된 사람의 신념이오리까?

신이여!
(만약, 이런 말을 나도 쓸 수 있다면)
고기를 먹고 털옷을 입어 보려는 욕망 ——
이것이 참된 사람의 욕망이오리까?

(정축, 12월, 1일)

아사 餓蛇

굵은 뱀처럼
척- 늘어진 몸뚱어리다,

참을 수 없는 식욕이여!

지금——
내가 아는 어떤 사람도
내 맘을 알지 못함을 내가 아노니,

아는 것은
모르는 것보다
무엇이 나으냐?

(정축, 5월, 30일)

공작孔雀

철망 속의 이국정조

그렇게까지
꽁지를 펼치고
끈적거리는 애교를
부리지 않아도 좋다,

화냥녀 같은
이 멋쟁이 놈아!

어디서 배웠느냐?
눈썹처럼 째진 동자로
모이 대신 암컷을 찾는 버릇은 ──.

(정축, 8월, 18일)

코끼리^象

천생 점토^{粘土}뭉치로다!

재빠른 생쥐가 뛰어들어도
밤낮 사흘은 기어들어 갈 코끼리.

눈이
저렇게 적고서야
미련할 것은 숙명일게니,

네 어미도
무척 재조가 둔했나 보다!

(정축, 8월, 18일)

뱀

윤채나는 금線을
커-다랗게 그려 놓고
징그럽고 무서운 꿈을
서리고 앉은 짐승!

── 물처럼
고요한 시간이다!

내 눈이
석양보다도 눈부신
네 비늘에 취하고,

내 귀가
생선보다도 연한
옥토끼의 우짖는 소리를 듣는 것은,

철망이 없다면
정말 너는

한 개의 장난감이 아닌 까닭이다!

(정축, 8월, 18일)

황혼黃昏

황혼아!

너는
낮과 밤의 레포를 이어주는 다정한 일꾼이냐?

황혼아!

너는
처음도 없고 끝도 모를 이야기를 좋아하느냐?

황혼아!

지금,
거리의 등불엔 이슬이 맺혀
불빛마저 촉촉히 눈물짓는데,

안개를 쓰고 나온 초생달이
빈 가지 위에 새춤히 걸쳐 있구나!

(정축, 12월, 15일)

하더라!

참을 수 없어
소리치는 것을
"악"이라 하더라!

살 수 없는 삶을
분풀이하는 것을
"자살"이라 하더라!

뵈어서는 못 쓸 것을
내어놓는 것을
"벌거숭이"라 하더라!

(정축, 11월, 17일)

고독 孤獨

썩어 처진 지붕,
석산 등잔이 매달린 낡은 방 안.

등잔의 나사를 틀면,
치- 하고 우짖는 고독.

턱에다 두 주먹을 고이고,
계집애처럼 울고 싶은 밤.

어둠은 바닷속처럼 깊고,
그 속에 반짝이는 눈동자 두 개가 있다.

(정축, 8월, 4일)

몸부림

소낙비 한 떼가
무더운 더위를
몰아 쫓기 위하여
원수처럼
노리고 덤벼들면,

그 서슬에 놀라
까라앉은 하늘과 땅엔
봄철의 꿈자리 같은 어둠이 서리고,

더위에 야윈
온갖 나무와 풀잎들은
바야흐로 벌려질 잔치를 앞에 두고
하하하! 손벽 치며
너울너울 춤을 추도다.

── 이러할 때
마음의 뒷골목에선

까닭 모를 흰 손 하나가
소리도 없이 나타나
슬픔의 실꾸리를 풀어 주면,

가슴 쓰린 그리움은
자취도 없이 찾아와서
뜨거운 이슬방울이
두 눈자위를 껴안고 몸부림치도다.

(정축, 7월, 10일)

병실病室 I

네 얼굴이 눈처럼 새하얗고,
네 눈알이 얼음쪽처럼 차디찰 때,

어머니의 가슴속에
요망스런 예감의 회호리바람이
바야흐로 소동하려는도다.

오호! 가물거리는 목숨의 호롱불아!
무서운 임종의 칼날이 두려워,
모래언덕 같은 어머니의 가슴에는
새-파란 피 뭉치가 몸부림치도다.

(정축, 9월, 1일)

병실病室 II

병들어 지친 속눈썹이
십촉 전등에 노랗게 멍들고,

헛되이 시들린 수많은 날과 밤의 꽃다발이
먼지처럼 뽀-얗고, 그 속에
좀먹은 희망이 무지개처럼 뻗쳐 있다!

우수와 조락의 엘레지-를 지닌 가슴,
갑갑함을 못 참아 야윈 손을 들어 보면
썩은 나무토막처럼 맥이 풀이지도다!

(정축, 9월, 1일)

때가 있다

어제도,
오늘도,
언제나,
언제나,
변함없는 살림 ──

멀미 나도록 그것이
비위를 거스리는 때가 있다.

이 세상이

살았는지,
죽었는지,
그것조차,
그것조차,
알 수 없는 때가 있다.

(정축, 11월, 27일)

좀먹는 가을

오동잎이
하나,
두을,
고요히, 고요히,
떨어지는 창 기슭에 앉아,

좀먹는 가을잎을
뚫어질 듯 응시할 때,

하늘,
매연,
함머-의 우는 소리,

── 지난해도, 그 지난해도,
가을철이면
언제나 보고 듣는 것 ──

눈 익은 그것들이

귀 익은 그 소리들이
바늘 되어 가슴을 긁는데,

마음껏 두 손을 뻗쳐
푸른 하늘까지 치솟고 싶은 생각이
빈 마음속에 푸두두— 날아든다.

(정축, 10월, 6일)

寂寥

적
요

기우 杞憂

The end of life cancels all bounds.

HENRY IV

노-란 은행잎이, 매운바람에게 앙탈하면서
기어코 떨어질 제 운명을 반역하는 거리 ——

서쪽 삘딩 옆구리에
초사흘 달이 눈썹처럼 쌀쌀하다,

어느 틈에
생각도 못 한 재화가 덤벼들지
그것마저 생각할 겨를도 가져볼 수 없는 슬픔에
발을 멈추고 우두먼이 서 있으면,
벌레 먹은 실과처럼 터-ㅇ 빈 마음엔
검은 옷을 떨친 기우가 떼 지어 몰려든다 ——

—— 사는 것이다, 저 하나만 행복스럽게,

── 슬퍼하면 할수록 더욱 슬프니라,

── 그러나, 눈을 뜨나 감으나, 항상 지어지지 않는 것,

── 아아, 세상은 썩은 능금이다, 곪아 터진 국부다!

(정축, 10월, 30일)

소시민철학 小市民哲學

살았다 ── 죽지 않고 살아 있다!

구질한 세와世渦 속에 휩쓸려
억지로라도 삶을 누려 보려고,

아침이면 ──
정한 시간에
집을 나가고,
사람들과 섞여 일을 잡는다,

저녁이면 ──
찬바람 부는 산비탈을
노루처럼 넘어온다,
집에 오면 밥을 먹고,
쓰러지면 코를 곤다.

사는 것을
어렵다 믿었던 마음이

어느덧
아무것도 아니라는 마음으로 변했을 때

나의 일은 나의 일이요,
남의 일은 남의 일이요,
단지 그것밖에 없다고 믿는 마음으로 변했을 때,

사는 것을 미워하는 마음이
다시 강아지처럼 꼬리 치며 덤벼든다.

(정축, 11월, 28일)

정물 靜物

뽀-얗게 먼지 낀 책상 위에
숨도 쉬지 않고 번듯이 앉아
온 겨우내 나의 고독을 지켜주는 능금 한 개——

오늘 밤도 문밖에선
성낸 바람이 네굽을 달리며 지나가는데
말없이 앉아 철면광을 비춰 준다,

되잖은 번거로움보다는 차라리
죽음 같은 고독을 사랑하는 사나이에게
식욕 대신 응시를 돋워주는 둘도 없는 보배!

(정축, 12월, 9일)

팔월八月의 대공大空

창 위에 창이 있고
그 창 위에 또 다른 창이 수없이 박힌,
덩치 큰 집채의 거만한 체구.

층층이 보이는 창문마다
새하얀 얼굴을 내어민 여공들.

궤짝 같은 집속에서 실 뽑는 그들에겐
사돈의 팔촌보다도 인연이 없는
높고 푸른 아까운 팔월의 대공.

(정축, 8월, 6일)

황색공상黃色空想

깡——
까-ㅇ——

머-ㄴ 공장의 함머-소리,

단 하나
검은 연기를 토하는 굴뚝,
금화산 정수백이에 해가 빗겼다,

무엇이고
커-단 일이 없을까 하는 생각이
다시 발밑으로 되돌아오는 허거품 ——
한겨울 아침의 노-란 공상이여!

모-팟상은 미쳐 죽었다더라,
나는 미치지도 않고 늙어 죽으리라!

(정축, 11월, 30일)

아버지

차기보다도 나를
더 사랑하는 아버지!

──── 이렇게 생각할 때, 나는 슬프오.

"아버지!"하고,
큰 소리를 내어
빈 방 안을 울려 보았소.

(정축, 11월, 17일)

주료酒寮

이쪽에도,
저쪽에도,
모도,
모도,
술 취한 신사들이다,

새새 틈틈이
끼어 앉은 것은
그들의
작난을 위해
태어난 육괴들이오,

냄새도 없고
철도 아닌 꽃들이
봄철인 양 만발하고,

비눗물 같고 오줌빛 같은 삐-르가
허리끈을 늦추는 신사들의 시각 위에

고무풍선처럼 흰 거품을 불어 올리는 방 안…

대리석 테 — 불 한구석엔, 거지가
삘딩 문턱에서 눈감았다는 삼면기사가
위스키- 국물을 핥아먹고 누워 있다!

(정축, 12월, 5일)

푸른 강이 있고
강 위에 철교가 누워 있고
철교 위에 급행차가 달리는 바로 그 옆에 서서,

너는 나에게 말했다 ——

"삶이란 쓰레기통,
사람이란 버러지보다도 값없는 것!"

또, 너는 말했다 ——

"남들이 웃고 지나가는 네거리 한복판에서도
까닭 모를 명부를 나는 그리워하오!"

그다음, 너는 말했다 ——

"몸뚱이가 마음을 쫓는다면
강아지처럼 나는 죽었으리라!"

그다음, 또, 너는 말했다 ──

"내가 죽은 다음 순간에도
이 세상은 조금도 변치 않고 남았을 테지?"

(정축, 11월, 6일)

망월^{望月}

달을 쳐다보며
견딜 수 없는 생각에 빠져 있을 때,

푸로-벨의 웅변이
귀청을 녹크하고 달아나다 ──

"사자는 생자의 사분지일보다도 유쾌하다!"

(정축, 9월, 20일)

상념想念

불꽃처럼
활활 타오르는 슬픔을
검붉은 흙 속에
아낌없이 던져 버리고,

쾨쾨한 그 내음새에
마음껏 취해나 볼까?

뭉쿨 뭉쿨
가슴에 스며드는 그 내음새가
둘 곳 없는 마음의 모래언덕 위에
소낙비를 몰아온다면…………

아아, 새로운 것아!
무엇이고 좋을지니,
아무것이고 가리지 않을지니,
어서 오려무나, 나의 품 안으로 ──
비록, 그것이 나의 죽음일지라도…………

(정축, 9월, 15일)

하루

얽매여 쪼들린 육괴가, 또 한 번
팽이처럼 빙빙! 돌다가 톡! 쓰러지오.

(정축, 11월, 29일)

적요 寂寥

목 놓아 울던 슬픈 음악사 —— 벌레 떼도
땅속으로 숨어 버린 싸늘한 늦가을 밤,
푸른 달빛이 혼자서 고양이를 놀려 줄 때,

숨죽은 듯 고요한 적요 —— 포켓 속에서는
닛켈시계가 가쁜 숨소리로 알 수 없는 기억을 쪼아내고,

어둠을 타고 더부렁거리는 푸른빛 침묵 속에
얼굴 흰 사나이가 ELEGIE를 외운다.

(정축, 11월, 15일)

제비 있는 풍경風景

흰토끼처럼
개여 벗어진 하늘을
뛰어가는 구름쪽 하나!

냇물에 꼬리를 씻고
쏜살처럼 대공을 자질하면서
콧노래를 읊어대는 젊은 제비,

포곤한 첫여름의
부레풀 같은 대기가
매끄러운 그 날개에
바사삭! 찢어질 때,

성냥갑 같은 마을 앞 청거정엔
오늘도,
당나귀 목청을 닮은 기동차가
두메꾼의 식구를 몰고
북으로 북으로 울며 간다.

(정축, 8월, 15일)

춘부근^{春附近}

푸른 하늘이다,
흰 구름이다,
벌거숭이 나무들의 화장이다,

모-진 바람이
북쪽으로 도망간 다음,
우렁차게 들려오는 새봄의 행렬…………

야…… 들어 보렴!
굳은 지곡을 뚫고
소리치며 내닫는 새싹들의 합창을 ──

(정축, 4월, 12일)

백양白楊

하늘은
까마-득한 백양 끝에
새파-랗게 질렸는데,

까닭 모를 소리 하나——

구슬픈 바람 소리로구려!

저- 백양의
노-란 이파리가
하나,
두을,
세잇,

고요히,
고요히,
떨어지는구려!

(정축, 11월, 10일)

항구港口

쏜살같이
밤차를 타고
이곳을 왔다

서해 바다 위에 찌푸린 하늘,

펭키칠한 퇴색한 건물들이
여기저기 늘어선 늙은 항구.

가난한 땅덩이를 가진 이 항구는
찬바람을 헤쳐가는 갈매기처럼 쓸쓸하고

호-이!
호-이!
어디서 들리는 그물꾼의
주고받는 소리가?

소금 내음새 풍기는 하늘은

막걸리처럼 컬컬하구나.

(정축, 10월, 삼칠일)

향수 鄕愁

BoH……
BoH……
청동처럼 녹슨 욧트,
마스트에 나풀대는 삼색기,

유리빛 해면을
물결이
흰토끼처럼 달아나면서
대낮의 정적을 뿌려 놓고,
황소 울음처럼 목멘 기적이
낡은 마음의 야윈 촉각 위에
기름진 향수를 던져 놓고 달아날 때,

── 나는
물결의 마음에 귀 기울이고
메르핸(동화)의 추억을 씹어본다.

(정축 8월 S항에서)

벌거숭이 마을

빈 하늘을
흰 구름 한 송이가
수-ㄹ 수-ㄹ 걸어간다.

잎을 땅속으로 장사 지낸
앙상한 감나무 가지 우엔
서리를 쓴 까마귀 한 마리.

여기도 벌거숭이 —— 떡갈나무.
저기도 벌거숭이 —— 포푸라의 군상.
이쪽에도 벌거숭이 —— 연기 없는 초가. 초가……

오!
닥쳐오는 추위에 오도도 떠는
초라한 이 마을의 쌍파대기야!

(정축, 11월, 21일)

경전耕田

사람과 소 ——
단둘이 이야기하면서
해가 지도록 밭을 간다.

엉금엉금
소는 끌고,
띄엄띄엄
사람은 밀고,
물기 없는 자갈밭을
온종일 갈아붙인다.

기동차가 울며 간다,
책보들 멘 아이들이
소리치며 지나간다.

갈아도 갈아도
밤낮 갈아도
신신치 않건만,

사람과 소 ──
단둘이 이야기하면서
해가 지도록 밭을 간다.

엉금엉금
소는 끌고,
띄엄
사람은 밀고.

(정축, 11월, 20일)

바다로 갑시다

바다로 갑시다, 나와 함께

유리빛 하늘과 감청색 바다가 누워 있고,
물결에 빛나는 아침 해에 맑은 바람이 춤추는 곳 ──

바람의 꾀임을 받은 물결이 언덕을 치받을 때
흰모래 위에 남아지는 속삭임을 엿들으며,

새하얗게 반짝이는 조개꺼풀을 주어
따이야몬드보다도 어여쁜 목걸이를 만들면,

동물시집
動物詩集

처음부터 다시 읽어 보니

알맞지 않는 것이 퍽 많다.

허나, 나는 고치려 하지 않는다.

……오-랜 노력의 뭉치를

〈쩌-너리스트〉에게 모이로 주자.

오오, 내 새로 낳은 자식아,

이젠 〈네봐〉의 강기슭에 가서

훌륭한 선물 ─ 망발과 시끄러움과,

험담을 ─ 얻어 가지고 오려무나!

「에브게-니-·오네-긴」에서

독사

까투리가 푸드드 날아간 가랑잎 밑에
골무쪽 같은 대가리를 반짝 처들고
갈라진 혓바닥이 꽃수염처럼 낼름거린다.

〈세네카〉의 웅변이 아무리 무서워도
네 이빨에 〈아라파스타〉의 살결, 젖통이를 물려
〈안토니오〉의 뒤를 따라간 〈크레오·파추라〉다!

내 손가락을 물어다오,
피가 나도록 내 손가락을 꽉! 물어다오.

나비

비바람 험상궂게 거처 간 추녀 밑 ——
날개 찢어진 늙은 노랑나비가
맨드래미 대가리를 물고 가슴을 앓는다.

찢긴 나래에 맥이 풀려
그리운 꽃밭을 찾아갈 수 없는 슬픔에
물고 있는 맨드래미조차 소태 맛이다.

자랑스러울 손 화려한 춤 재주도
한 옛날의 꿈 조각처럼 흐리어,
늙은 〈무녀〉처럼 나비는 한숨진다.

고양이

아무리 작은 구멍이라도
대가리만 빠지면 그만이다
야옹!

죽은 듯 담 그늘에 숨어
활등처럼 허리를 꼬부린 채
둥그랗고 노-란 눈초리로,

노려라!
저놈의 꼬리, 구멍에 숨긴다

할퀴어라!
꼬부라진 발톱으로, 소리도 없이

삼켜라!
씹지도 말고, 단숨에 꿀떡

이름으로 새어나는 앙칼진 소리여!
너는 쥐가 제일 맛이 있다더구나.

벌

꽃은 모조리 피를 흘리고 죽는데
무엇이 그렇게도 좋길래
벌 떼는 온종일 콧노래만 부르는가.

종달이

　봄이여요 비비비, 봄이여요 봄, 종달이는 참을 수 없어, 비
비비 울며
　하늘로, 비비비 날아, 비비비 울며 날아, 구름 속으로, 비
비비 울며 울며
　사라진다, 푸른 들이 보고 싶어, 푸른 샘이 보고 싶어…….

달팽이

털벌레가 나비 되어 꽃밭으로 가고
굼벵이가 매미 되어 숲으로 가는데,
죄-그만 집 속에 쓸쓸히 주저앉아
주어진 운명을 달게 받는다고,
참새야! 웃지 마라, 흉보지 마라.

비록 날개 없어 날지 못할망정
보고 싶은 것을 가릴 수 있는 눈이
두 개의 뿔 끝에 의젓하게 박혀 있고,
비록 길지 못해 빠르지 못할망정
가고 싶은 데를 기어갈 수 있는 발이 있다.

달뜬 털벌레가 나비로 몸을 바꾸고
건방진 굼벵이가 매미로 변했다가,
찬 서리 내리는 저녁, 이름도 모를 덤풀 속에
송장처럼 쓰러져 슬픔을 씹고 우는 것보다는
차라리 차라리 이 신세가 나는 좋단다.

잠자리

능금처럼 볼이 붉은 어린애였다,
울타리에서 잡은 잠자리를
잿불에 그슬려 먹던 시절은.

그때, 나는 동무가 싫었다,
그때, 나는 혼자서만 놀았다.

이웃집 순이와 집누리에서
동생처럼 볼을 비비며 놀고 싶었다.

그때부터, 나는 부끄럼을 배웠다,
그때부터, 나는 잠자리를 먹지 않았다.

문각시

터-ㅇ 빈 방 안 한구석에
무덤처럼 고요한 어둠이 서릴 제,

똑 똑똑 문설주를 쪼는 것은
생쥐도 나나리도 아니란다,

쪼으면 재미가 나서 똑 똑똑,
이 밤을 쪼는 외로운 마음이란다.

개똥벌레

저만이 어둠을 꼬매는 양
꽁무니에 등불을 켜 달고 다닌다.

왕거미

썩어 처진 초가 석가래 밑에
자를 대고 그려낸 듯 줄을 늘리고,
코를 비비며 입맛 다시는 왕거미.

얼마나 흉측스럽게 점지되었기에
저리도 끔찍히 발은 많고도 긴가!
털 돋친 검정 사마귀 같은 화상아!

저리도 못생긴 거미에게도
남부럽잖은 한 가지 재주는 있어,
무지개처럼 줄을 잘두나 얽어 놓았지!

꽃향내에 취한 나비, 싸대는 하루살이,
떠드는 모기, 눈이 크기만 한 잠자리가
끈적거리는 저 그물에 얽히기만 하면,

저놈은 소리도 없이 달려들어
단숨에 회회 동동 얽어 놓고,
맛나게도 뜯어먹으리라!

낙타 (1)

주변성이 많아서
망태기를 짊어졌니?

그렇게도 목숨이 아까워
물통마저 달아맸니?

조상 때부터 오늘까지
부려만 먹힌 슬픔도 모르는 채,

널름널름 혓바닥이
종이쪽까지 받아먹는구나.

사슴

히히 사슴이 운다.

서리 맞고 얼어 죽은
흰나비 냄새 같은 목소리로,
히히 사슴이 운다.

제 소리에 산이 울고
산울림에 또 다른 골이
덩달아 울던 맑은 시냇가,

범과 이리가 무서워도
맘대로 뛰어다니며, 제 입으로
뜯어먹던 풀잎이 그리워,

히히 사슴이 운다.

낙타 (2)

네 얼굴에 청승맞은 온갖 얼굴이 얼비치고,
네 눈알에 깊이 모를 슬픔이 끔벅거리고,
네 모가지에 썩은 냇물이 흘러내리고,
네 잔등에 영원한 주림이 얹혀 있구나.

사자

입을 꾹 다물고
갈귀마저 눕히어
노염을 재운 채
바위처럼 앉아 있어도,
사자는 사자다.

저 눈알을 봐요,
별이 숨었지!
저 눈알을 봐요,
핏기가 어렸지!

원숭이

머-ㄴ 옛날 사람의 조상도
너처럼 털과 꼬리가 있었다더라.
네발로 기고 뛰어다니며
굴속에서 날고기를 먹고 살았다더라.
〈맘모스〉와 독사를 만나도
무섭잖게 싸워 이겼다더라.
하물며 글자 같은 건 너처럼
알려고도 하지 않았다더라.

붕어

골물 모여 돌샘을 그린 곳에
붕어가 물탕치며 살더라.

이끼 푸르른 바윗 그늘에
반짝이는 금비늘이 차가웁고,

구슬인 양 눈동자가 서기하며
물구멍처럼 입이 방울을 뱉어,

흔들며 치는 꼬리 끝에
흰모래 헤엄치며 물 연기를 뿜을 때,

빈 마음 붕어를 타고
그와 함께 물밑에 놀다.

비둘기

눈이 석 자나 쌓인 채
긴긴 나흘이 흘러간 날,
낡은 기와집 추녀 밑 —
단청마저 의의한 새장 속에
가슴이 아파 내 마음 비둘기는 꾸꾸 운다.

갈범

무쇠 철망 너머 —
죽은 듯 고요한 양지에
눈알만 끔벅끔벅……

멀리서 잔나비의 해해거림.
더 멀리서 두루미의 볼멘소리.

벌떡 일어나서
조바심이 맴돌 때,

점잔도 주림엔 상관없어
으흥 — 먹고 싶어!
흐흥 — 나가고 싶어!

황소

바보 미련둥이라 흉보는 것을
꿀꺽 참고 음메! 우는 것은,

지나치게 성미가 착한 탓이란다.

삼킨 콩깍지를 되넘겨 씹고
음메 울며 슬픔을 삭이는 것은,

두 개의 억센 뿔이 없는 탓은 아니란다.

올빼미

울 뒤 밤나무 그늘인가,
안산 밑 늙은 소나무 가진가,

밤마다 어둠을 타고 와서
찬비에 젖은 가지 위에
흉측스런 검은 목청으로
워-워- 이 밤을 깊이깊이 우는 것은
어미 애비를 잡아먹은 탓이라는데,

어둠 속에 찌든 마음,
그 소리 귀에 배어
두 손 뭉쳐 엄지손가락에 입을 대고
늙은 상제마냥 워-워- 울어 보다.

할미새

뜰으로 슬적 내려와
어정어정 할미새.

말도 없이 곁눈질만
힐끔힐끔 할미새.

수줍은 색시처럼
눈치만 슬슬 할미새.

매에게 쫓겼나,
솔개미에 몰렸나,

바람 소리에도
눈알은 휘휘 할미새.

나처럼 외론게 좋아
빈 뜰을 어정어정 할미새.

매미

저녁노을이 햇빛을 좀먹고
땅거미 안개처럼 밀려드는 길섶에서
매미는 가는 세월이 안타까워
슬픈 슬픈 가을의 노래를 읊어댄다.

박쥐

할아버지의 아버지의 아버지가
관을 쓰고 살았다는 옛집에서
이야기로만 듣던 박쥐들 보다.

머-ㄴ 옛날 ―
새 떼와 짐승들이 편싸움을 할 제
꾀가 많은 박쥐는 싸움도 않고 구경만 하다가,

새 편이 애써 싸워 이기면
얼른 새 편으로 날아가서
〈나는 날개가 있으니 새 편〉이라고 아양을 떨고,

짐승 편이 애써 싸워 이기면
얼른 짐승 편으로 뛰어가서
〈나는 쥐처럼 생겼으니 짐승 편〉이라고 간사를 부리다가,

새 떼, 짐승 떼에게 주리를 틀리고 쫓겨난 다음
새도, 개도, 닭도, 소도, 다- 잠든 밤중에만 나와
잠든 꿀벌을 부추겨 잡아먹는다는 박쥐를 ―.

파리

믿음을 잃은 마음이
도망간 그것을 찾다가,
날개 적신 파리가 되어
텀벙! 슬픔인 파리통에 빠지다.

염소

채마밭 머리 들충나무 밑이다.
매해해- 염소가
게염을 떨고 울어대는 곳은,

늙지도 않았는데
수염을 달고 태어난 게 더욱 슬퍼,
매해해- 매해해- 염소는 운다.

검둥이

달빛이 너무 거세어 대낮 같은 밤,
밤의 숨결마저 소리도 없이 얼어
스치면 아자작 부서질 듯한 밤,
잎을 떨군 벌거숭이 감나무도
그림자를 잃은 채 말없이 서 있는 밤,
바람 소리에 꿈을 놓쳐 선잠 깬 검둥이가
은빛 보름달을 목이 터지게 짖어대는 것은
주인집 은쟁반이 하늘 위에 걸려 있는 탓이란다.

당나귀

장돌뱅이 김 첨지가 노는 날은
늙은 당나귀도 덩달아 쉬었다,
오늘도 새벽부터 비가 왔다,
쉬는 날이면, 당나귀는 더 배가 고팠다,
배가 고파 쓰러진 채, 당나귀는 꿈을 꿨다.

댓문이 있는 집, 마루판 마구에서
구수한 콩죽밥을 실컷 먹고,
안장은 금빛, 고삐는 비단
목에는 새로 만든 방울을 달고,
하늘로 훨훨 날아가는 꿈이었다.

「옛이야기」에서

쥐

우루루…… 우루루루……
독독독…… 도-ㄱ 도-ㄱ 도-ㄱ

먹을 것도 없는 천장에서
생쥐가 네굽을 놓고 지랄칠 때,

잠을 잃어버린 마음의 조바심이
귀로 몰린 채 잠잠히 누워 있을 때,

뾰족한 그놈의 이빨은, 어느새
끊임없이 내 넋을 파먹고 있었다.

굼벵이

썩은 집누리 밑에서
굼벵이가 매미의 화상을 쓰고
슬금슬금 기어 나온다, 기어 나온다.

반쯤 생긴 저 날개가 마저 돋으면
저놈은 푸른 하늘로 마음껏 날 수 있고
햇빛 찌는 나뭇 그늘에 노래도 부를 테지.

누구냐? 굼벵이를 보고
〈꿈틀거리는 재주뿐이라〉고 말한 것은,
〈꿈틀거리는 재주뿐이라〉고 말한 것은,

털벌레

하늘을 탐하는 나비 넋이
흉측스런 털벌레가 되어
쪽- 뻗은 풀잎 끝으로 자꾸만 자꾸만 기어오른다.

흉측스런 털옷을 벗어 던지고
희망의 나라 높은 하늘로
고운 옷을 갈아입고, 단숨에
푸르르 날아가고파,
애쓰며 애쓰며 기어 올라간다.

올 한 해 동안 내가 써 놓은 노래 속에서
짐승과 버러지를 읊은 것만 엮어 모아
여기에 『동물시집』이라 이름 지어 보낸다.

무인, 섣달, 봄이 서는 날, 저자.

빙화
氷華

벽壁

납덩이의 하루살이에 밤이 내리면
지친 사지가 데식은 기지개를 켠다

마주 뵈는 벽 하-얀 벽 속엔
희미하게 켜지는 저승의 등불

슬퍼함은 나의 버릇
꿈도 이젠 깨어진 거울쪽

거꾸로 서면 가슴의 먼지는
가랑잎처럼 우수수 쏟아질까

별이 떨어지는 벼랑처럼
멀고 아득한 나의 밤

분수噴水

다만 홀로 외롭게 슬픈 마음이기에
밤도 깊어 자지러지는 이 거리로 왔다

분수가 푸른 불꽃을 불어 올리는 거리
그 옆에서 언약도 없는 사람을 나는 기다린다

푸른 반달이 기울어진 하늘을 향하여
구슬처럼 불꽃처럼 타오르는 물줄기

가슴속 외로운 시름에 지는 한숨처럼
슬픈 소리를 하면서 떨어지는 물줄기

온 데 간 데 모르게 다가온 시름이
끝없는 마음의 층층다리를 기어 올라간다

눈동자 속 저도 모르게 고인 눈물처럼
소리 없이 떨어져 흩어지는 물줄기

밤의 늪을 걸어가는 지친 바람처럼
가벼웁게 불려서 스러지는 물줄기

얼굴도 모습도 없는 슬픔이기에 이 한밤
보이지 않는 발자취를 마음은 가늠한다

마음속 헛된 꿈에 타는 불꽃처럼
불똥도 없이 불똥도 없이 가라앉는 물줄기

도마뱀의 꼬리 우는 소리처럼……
송장 위에 스러지는 잦은 탄식처럼……

MEMORIE

1 황혼黃昏

구름은 감자밭 고랑에
그림자를 놓고 가는 것이었다

까마귀는 숲 너머로
울며 울며 잠기는 것이었다

마을은 노을빛을 덮고
저녁 자리에 눕는 것이었다

나는 슬픈 생각에 젖어
어둠이 묻은 풀섶을 지나는 것이었다

2 호수湖水

바람이 수수잎을 건드리며 가는 것이었다

못가에 서면 그 속에도 내가 서 있는 것이었다

호수는 차고 푸른 나날을 보내는 것이었다

산울림을 타고 되돌아오는 염소의 울음이 있는 것이었다

하늘엔 흰 구름이 갓으로만 갓으로만 몰리는 것이었다

3 마을

한낮의 꿈이 꺼질 때 바람과 황혼은
길 저쪽에서 소리없이 오는 것이었다

목화꽃 희게 희게 핀 밭고랑에서
삽사리는 종이쪽처럼 암탉을 쫓는 것이었다

숲이 얄궂게 손을 저어 저녁을 뿌리면
가늘디 가는 모기 울음이 외양간 쪽에서 들리는 것이었다

하늘에는 별 떼가 은빛 웃음을 얽어 놓고
은하는 북으로 북으로 기울어지는 것이었다

야경夜景

땅 밑에서 솟아난 어둠이
뭉치고 뭉치어 밤이 되다

가시처럼 뻗친 찬 정기
푸른 별 떼를 불러오고

마음 절로 미쳐
밤길 가벼이 들에 내리면

빛은 말도 없이 어둠과 손잡고
밤의 숨결 이슬 되어 귀에 젖다

숲 기슭에 번지는 도깨비불처럼
홀로 어둠 속에 서글피 웃는 밤

언덕

언덕은 늙은 어머니의 어깨와 같다

마음이 외로워 언덕에 서면
가슴을 치는 슬픈 소리가 들렸다

언덕에선 넓은 들이 보인다

먹구렁이처럼 다라가는 기차는
나의 시름을 싣고 가 버리는 것이었다

언덕엔 푸른 풀 한 포기도 없었다

들을 보면서 날마다 날마다 나는
가까워 오는 봄의 화상을 찾고 있었다

희망希望

땅덩이가 바로 저승인데

사람들은 그걸 모르고

밤낮 썩은 동아줄에다

제 목을 매어달고 히히 웃는다

제 목을 매어달고 해해 웃는다

포풀라

별까지 꿈을 뻗친

야윈 손길

치솟고 싶은 마음

올라가도 올라가도

찾는 하늘 손에

잡히지 않아 슬퍼라

자화상自畫像

터-ㅇ 빈 방 안에 누워
쪽거울을 본다

거울 속에 나타난
무서운 눈초리

코가 높아 양반이래도 소용없고
잎센처럼 이마가 넓대도 자랑일 게 없다

아름다운 꿈이 뭉그러지면
성가신 슬픔은 바위처럼 가슴을 덮고

등 뒤에는 항상 또 하나 다른 내가 있어
서슬이 시퍼런 눈초리로 나를 노려보고
하하하 코웃음 치며 비웃는 말 ―

한낱 버러지처럼 살다가 죽으라

대야초 待夜抄

기다리던 밤이 오느냐
괴로운 한낮은 시원히 저무느냐

마음속에 밤을 부르는
머-ㄴ 바다의 물결 소리 들린다

파도처럼 가슴에 부서지는 생각의 물결
그 위에 나의 시름은 **콜크**처럼 떠돌고

눈만 뜨면 음참히 나의 갈빗대를 찌르는 모습 —
벌거숭이 나무숲에 까마귀 떼는 게걸댄다

온몸을 뒤덮는 어둠의 떼구름
나의 청춘은 정녕 깨어진 바윗돌이냐

씹어 뱉은 풋감 빛으로 짙어만 가는 병든 마음
뉘우침은 목 놓아 울고 심장은 망설임에 좀먹다

별과 새에게

만약 내가 속절없이 죽어
어느 고요한 풀섶에 묻히면

말하지 못한 나의 기쁜 이야기는
숲에 사는 작은 새가 노래해 주고

밤이면 눈물 어린 금빛 눈동자 별 떼가
지니고 간 나의 슬픈 이야기를 말해 주리라

그것을 나의 벗과 나의 원수는
어느 작은 산모롱이에서 들으리라

한 개 별의 넋을 받아 태어난 몸이니
나는 울지 말자 슬피 울지 말자

나의 명이 다-하여 내가 죽는 날
나는 별과 새에게 내 뜻을 심고 가리라

시계^{時計}

어둠은 바닷속처럼 깊은데

책상머리의 사발 시계가

제풀에 지쳐 헛소리를 외운다

폭 폭 뾰-족한 바늘이다

쩡 쩡 싸-늘한 얼음쪽이다

톡 톡 가슴을 파먹는 딱따구리다

칭 칭 목에 감기는 뱀 뱀 뱀⋯⋯⋯

꿈

넋이 날아간 몸뚱어리에

푸른 구멍 하나 퐁! 터져

까닭 모를 불길이 솟아난다

때의 수레에 휘감긴 어둠이

꿈속에 보금자리를 마련하여

한밤중 도깨비불처럼 이는 불꽃

청포도 青葡萄

꿀벌이 미쳐서 맴돈다

아침 이슬에 부푼 송이송이
숫계집애 젖가슴처럼 탐스러워
허공에 대-롱 달콤한 내음새

꿀벌이 미쳐서 맴돈다

순이는 포도알처럼 눈이 푸른 계집
꿀벌처럼 그 열매 빨아먹으면
가슴속에 대-롱 붉게 고운 사랑

넋에 혹이 돋다

솜처럼 풀어진 밤

늘어진 몸뚱어리에

이름 모를 벌레 깃들어

넋에 혹이 돋다

달빛 창에 푸른 채

생각 가시밭 가슴 풀뿌리

밤마다 고쳐 죽는 넋에

혹이 돋다 돌혹이 돋다

비애悲哀

애여 이 속엔 들어오지 마라

몸뚱어리는 벌레가 파먹어
구멍이 숭숭 뚫리고

넋은 하늘을 찾다가
땅에 거꾸러져 미쳐 난다

애여 이 속엔 들어오지 마라

다방茶房

아편처럼 진한 커-피- 속에

켜지는 등불………

사람들은 모두

불나비의 넋으로

불나비의 넋으로 모여든다

나의 밤

가라앉는 밤의 숨결 그 속에서
나는 연방 수없는 밤을 끌어올린다
문을 지치면 바깥을 지나는
바람의 긴 발자취………

달이 창으로 푸르게 배어들면
대낮처럼 밝은 밤이 켜진다
달빛을 쪼이며 나는 사과를 먹는다
연한 생선의 내음새가 난다………

밤의 층층다리를 수없이 기어 올라가면
밟고 지난 층층다리는 뒤로 무너져 넘어간다
발자국을 죽이면 다시 만나는 시름의 불길
— 나의 슬픔은 박쥐마냥 검은 천장에 떠돈다

폐원廢園

머-ㄴ 생각의 무성한 잡초가
줄줄이 뻗어 엉클어지고 자빠지고
눈물 같은 흰 꽃 한 송이 빵끗 핀 사이로

사-늘한 죽음이 뱀처럼 기어가다가
언뜻 마주친 때 님이 부르는 눈동자처럼
진주빛 오색 구름장이 돋아나는 것!

외로운 사람만이 안다
외로운 사람만이 알아………
슬픔의 빈터를 찾아
족제비처럼 숨이는 마음

차돌

거친 발끝에 채이고 밟혀도

눈물 한 방울 흘릴 줄 모르고

뜻은 쇳날보다도 야무져

끼리끼리 머리를 맞쪼아도

번개처럼 뿜는 불꽃의 별똥

억세고 모-진 뜻이 겉에 솟아

네 얼굴은 희게 차구나

눈 쌓인밤

늙은 모과나무가 선 울 뒤에서
청승맞게 부엉이가 밤을 울고

바람 소리에 놀란 하늘에
얼어붙은 쪽달이 걸리면

낡은 호롱에 불을 켜 들고
날 찾아오는 이 있을까 여겨

밟으면 자국도 없을 언 눈길을
설레이는 마음은 더듬어 간다

백야白夜

나뭇가지에 눈이 내린다
길 위에 눈이 쌓인다

쌓이는 눈 밑에 돌다리가 있고
나는 기침을 하면서 그쪽으로 간다

흰 개가 흰 눈을 밟고 간다
눈사람이 만들고 싶은 가슴이었다

어디선지 비둘기의 꾸꾸 앓는 소리
먼지와 기름내에 멍든 나의 귀 나의 마음
가슴속엔 풍선처럼 부풀어 오르는 하-얀 시름

밤의 시름

오라는 사람도 없는 밤거리에 홀로 서면
먼지 묻은 어둠 속에 시름이 거미처럼 매달린다

아스팔트의 찬 얼굴에 이끼처럼 흰 눈이 깔리고
삘딩의 이마 위에 고드름처럼 얼어붙는 바람

눈물의 짠 갯물을 마시며 마시며 가면
희미하게 켜지는 등불에 없는 고향이 보이고

등불이 그려 놓는 그림자 나의 그림자
흰 고향의 눈길 위에 밤의 시름이 깃을 편다

성애의 꽃

으슥한 마음의 숲 그늘에
주린 승냥이 기척 없이 서성거리고

바람이 울며 가는 생각의 허공에
슬픔의 새 떼 짝지어 울며 갈 무렵

마루판은 얼음장보다 싸-늘한데
고향 꿈 지닌 가슴엔 성애의 꽃이 피어

지울 수 없는 슬픔에 두 눈 비벼 뜨고
창틈으로 넘겨보는 얼어붙은 달빛

눈더미를 쏴-쏴- 불어 훑는 소리는
머-ㄴ 고향길 더듬어 온 매운바람이냐

야윈 얼굴에 털이 쓸모없이 돋아
책상 위에서 맺힌 꿈 갈갈이 부서졌다

한 치나 자란 때 낀 열 개 손톱으로
앙상한 가슴 한복판을 피나게 긁어 봐도

외로움만을 반겨 안아 드리는 버릇 ——
그 밖엔 아무것도 가져 보지 못한 삶이니

프로메테우스의 옛 까마귀 나의 운명아
내 가슴을 파먹어다오 원통히 파먹어다오

빙하 氷河

머-ㄴ 숲으로 새 떼가 총알처럼 흩어지면
강 언덕엔 밤이 검은 옷자락을 펼치고
소리 없이 소리 없이 내린다

하늘은
사라센의 반달기를 덩그렇게 매어달고

뼈만 앙상한 포플러의 희미한 가지 끝 ——
별 떼는 바람 찬 허공 위에 등불을 켜 들고 온다

숲 기슭을 어성대는 이리 떼 바람이
양 떼마냥 눈더미를 몰아 쫓는 골짜기 밑에
화석처럼 강은 흰 나래를 펼치고 누워 있다

손바닥으로 더듬으니 차돌처럼 싸-늘하고
입을 대고 후-ㄱ 불어 보나 김도 어리지 않아
귀를 비벼 엿들어 봐도 감감한 얼음장의 살결

오오 별똥처럼 가슴에 떨어지는 슬픔아

밤마다 흉한 꿈을 던져주는 사탄의 손길아

대낮의 등잔에도 옛이야기만 켜 놓고 가는 검은 밤아

주린 꿈이 얼음의 쇠사슬을 씹어 끊고

성낸 물결처럼 소리치며 흘러가려 해도

밤은 바다 밑처럼 깊기만 하여 그 밑에

죄와 벌의 나사못은 비-비- 꼬이고

아득한 희망은 납덩이마냥 가라앉는다

눈 덮인 숲 그늘에 밤새 울기를 기다려

레-테의 강기슭에 눈뜨는 스완의 판세야

어둠의 문 저-쪽에서 부르는 소리 나지 않고

동쪽 언덕으로 종소리 울려 오지 않아

찬 밤의 숨결에 오도도 떠는 안타까움아

봄을 탐하는 눈초리 별 꼬리보다도 날카로워

아포롱을 부르는 소리 샘물처럼 넘칠 때

피리

머릿말 대신

나는 오랫동안 허망한 꿈속에 살았노라.

나는 너무도 나 스스로를 모르고 살아왔노라.

등잔 밑이 어둡다는 옛말이 옳도다.

나는 너무도 나를 잊고 살아왔노라.

○

우리 조상들이 중국 것을 숭상한 것을 흉보면서도

알지 못했노라! 나는 어느새 서구의 것 왜의 것에

저도 모르게 사로잡혔어라. 분하고 애달파라.

꿈은 깨고 나면 덧없어라. 꿈에서 깬 다음

뼈에 사무치는 뉘우침과 노여움에서 생긴 침묵이

나로 하여금 오랫동안 입을 다물고 지내게 하였노라.

○

우리 조상들이 「정읍사」나 「청산별곡」이나 「동동」이나

「가시리」나 「서경별곡」이나 「처용」은 돌보지 않고

이백, 두보, 소동파, 백악천, 도연명, 왕유에 미치듯

자손인 나도 또한 「괴이테」 「하이네」나 「퓌쉬이킨」 「에세

이닌」이나

「바이론」 「키이스」나 「벨레이느」 「보오들레르」 「발레리

이」…나

시마자키 도손島崎藤村, 이시카와 다쿠보쿠石川啄木, 소마 교후相
馬御風, 우에다 빈上田敏, 하기와라 사쿠타로萩原朔太郎…를
숭상하고 본떠 온 어리석음이여!

○

부드러운 바람과 종달새의 노래가 감도는 고월古月 李章熙도
사향노루의 배꼽 내 같은 강한 향내를 풍기고
타오르는 촛불처럼 지글지글 불타는 상화尚火 李相和도
달밤에 부는 피리 소리 같은 소월素月 金廷湜의 목가도
호박 빛깔처럼 따스한 포석抱石 趙明熙도…… 잊고 살았노라

○

아아, 어리석어라! 나는 다시, 나의 누리로 돌아가리라.
헛된 꿈보다도 오히려 허망한 것은 죄다 버리고
나는 나의 누리로, 나의 누리를 찾아, 돌아가리로다.
돌아가서, 나는 나답게 살리라. 살리라.
나만이 지을 수 있고, 나만이 살 수 있는 큰 집을 짓고.
남에게 바라거나, 남에게 찾으려 하거나, 어린 생각에 빠
지지 말고.

○

나는 이름도 바라지 말리라. 나는 나이니, 오직 나는 나임을
자랑하고 나의 길을 걸어가리라. 어떠한 괴로움이 다다르
더라도

나는 남의 힘을 믿고 빌리지 말고, 나는 끝내 나대로 살리라.
○
나는 시인이 되리로다. 그 밖에 바랄 게 무엇이리.
나에게 오직 피리 한 자루와, 그 피리를 부는 자유만을 주라.
나는 이 피리로, 이 누리에 일어나는 온갖 모습을 붙잡아
그것을 아름다운 가락 속에 집어 넣는 일에 몸을 바치리라.
오로지 그것만이 나에게 하늘이 주신 사명이어라.

(정해 동짓달 그믐날, 지은이)

옛 가락에 맞추어

피리

빛을 기리는 노래

간봄 그리매 모든 것아 우리 시름

「모죽지랑가」에서

달도 별도 없는 밤에
홀로 비인 뜰에 서신대
밤의 마아라 내 손목을 잡았나이다

잠자거라 가슴아 나는 미쳤어라
지금이 어느 때라 나는 빛을 찾는가
어둠의 우리 속에 둘러 싸여
나는야 굶은 이리 되었어라

찬 서리 내리어 내리어
촉촉히 젖어 서린 나뭇잎 밟고
옐 데도 없는 몸 어찌 하리라

물가로나 가볼까

물가에 가서 너분 물 우헤
배 띄워 타고 배 띄워 타고
끝 모를 바다로나 가볼까

산으로나 가볼까 가볼까
산에 가서 관음님께 무릎 꿇고 빌까
관음님은 이 내 속 아시오리

서러운 마음 술집에나 찾아갈까
술집 가시내 정다운 양 내 손목 잡으면
가신 님 다시 본 듯 품고 노닐까

아서라 아서라 그리 마오리
벼락이 내려치는 무간지옥에 떨어지리
가신 님 여의었던들 믿음이야 그칠 것인가
구슬이 구슬이 바회예 지신들
그 구슬 꾀온 끈이야 끊어질까

아으 속절없어라 내 몸은
미친 바람에 지는 꽃잎처럼, 같이
덧없이 예는 길 애달파라

아니어라 아니어라
차라리 나는 돌아가리로다
더러운 봉당 자리에 번듯이 누워
찬 이불로 이 몸 덮어 누워
사향 각시 품은 듯 잠이나 자리라

새벽이라 기름때 묻은 벼맡애
식은 눈물이 젖어 배어
상사연정도 애달프게 눈을 뜨면
짐짓 듣는 머언 절의 쇠북 소리!

놀라 깨어 자리 차고 일어나
문 박차 열고 뜰로 나가면
반가워라 동녘 하늘에 환히 틔는 빛
아으 이제야 나는 빛을 안으리로다

빛이여 빛이여 돋으시라
새 햇빛 밝아오면
온 누리 너울너울 춤추고
내가 밝은 빛이 탐나
눈 비비며 눈 비비며 좋습니다

빛아! 밝고 빛나는 아침 햇빛아!

시들은 언덕에 새싹 돋아나고

마른 나뭇가지 위에 꾀꼬리 소리 들리고

골짜기마다 옹달샘이 솟아나고

여름 들어 고개 숙인 열매라 따먹고

너울대는 푸른 나무 그늘 아래 살리라

빛을 안고 밝은 햇빛 안아 살리라

(정해, 동짓달, 그믐날)

(옛말)
그리매=그리워하니
서신대=서니
마아라=마왕魔王. 마왕魔王은 그의 딸을 시켜 춤을 추게 하여 실달타悉達多 ― 석가
모니의 유명 ― 를 유혹하다
옐데=갈 곳
너분=넓은
우헤=위에
노닐까=놀까
바회예=바위에
지신들=떨어진들
아으=감탄사
벼맡애=베개 맡애

찬 달밤에

달하 노피곰 도드샤
어긔야 머리곰 비취오시라

「정읍사」에서

찬 달 그림자 밟고
발길 가벼이 옛 성터 우헤
나와 그림자 짝지어 서면
괴리도 믜리도 없는 몸아!
세상은 저승보다도 다시 멀고
시름은 꿈처럼 덧없어라

어둠과 손잡은 세월은
주린 내 넋을 끌고 가노라
가냘픈 두 팔 잡아끌고 가노라
내가 슬픈 이 하늘 밑에 나서
행여 뉘 볼세라 부끄러워라
마음의 거울 비추면 한 일이 무엇이냐

어찌 하리오 나에겐 겨레 위한

한 방울 뜨거운 피 지녔기에

그예 나는 조바심에 미치리로다

허망하게 비인 가슴속에

끝 모르게 흐르는 뉘우침과 노여움

아으 더러힌 이 몸 어느 데 묻히리잇고

(정해, 첫겨울)

(옛말)
달하=달아('하'는 존칭호격)
노피곰=높이 좀('곰'은 강세사)
도드샤=돋으셔서
머리곰=멀리 좀
비취오시라=비치어 주십시요
우혜=위에
괴리=괼이(사랑해 줄 사람)
믜리=뮐이(미워해 줄 사람)
아으=느낌씨
더러힌=더럽혀 진
리잇고=이리까

피리

누릿 가온대 나곤
몸하 호올로 녈셔

「동동」에서

보름이라 밤 하늘의
달은 높이 켠 등불 같구나
임아 홀로 가신 임아
이 몸은 어찌하라고 멀리, 외따로 두고
너만 혼자 홀홀히 가시는가

아으 피 맺힌 내 마음
피리나 불어 이 밤 새우리
숨어서 밤에 우는 두견새처럼
나는야 밤이 좋아 달밤이 좋아

이런 밤이면 꿈처럼 오는 이들 ——
달을 품고 울던 벨레이느

어둠을 안고 간 에세이닌

찬 구들 베고 눈 감은 고월古月, 상화尙火……

낮으란 게인 양 엎드려 살고

밤으란 일어나 피리나 불고지라

어두운 밤의 장막 뒤에 달 벗 삼아

님이 끼쳐 주신 보배일랑 고이 간직하고

피리나 불어 서러운 이 밤 새우리

다섯 손가락 사뿐 감아 쥐고

살포시 혀를 대어 한 가락 불던

은쟁반에 구슬 굴리는 소리

슬피 울어 가는 여울물 소리

왕대숲에 금바람 이는 소리……

아으 비로소 나는 깨달았노라

서투른 나의 피리 소리언정

그 소리 가락가락 온 누리에 퍼지어

메마른 님의 가슴속에도

붉은 피 방울방울 돌면

찢기고 흩어진 마음 다시 엉기리

(정해, 늦가을)

(옛말)
누럿=세상('ㅅ'은 강세사)
나곤=나와서(출생)('곤'은 강세사)
몸하=몸아('하'는 존경호칭격)
녈셔=가는가
혀=켠(점화)
호자=혼자, 호을로
아으=느낌씨
낫으란=낮을랑

월광곡 月光曲

어긔야 내가논대 졈그를셰라

「정읍사」에서

밤마다 자취 없이 와서
가만히 내 창을 흔드는
지는 잎의 설움을 알기에
내 이 한밤 잠들지 못하노라

차마 가까이할 수 없는
빛깔 지니신 달아!
몸은 슬프고 넋은 어지러워

애타는 달밤의 우리 속에
비치는 둥근 달 쳐다보며
비로소 나는 눈물의 맛을 알았노라
제 그림자에 놀라는 밤새와도 같이············

아으 울어 가는 여울가에
갈 데도 없는 몸 홀로 서면
어디인고 머언 젓대 소리!

그 소리 내 넋을 불사르고
바람과 달빛에 홀린 마음은
다디단 시름의 술을 빚어라

참지 못할 마음의 조바심
꿈의 또아리 속에 넣은
촛불처럼 활활 타오르는도다

시름도 아픔도 밤과 함께 흘러가는데
아으 덧없어라 나의 가슴아
수풀 위에 푸른 달 졸고
나는 눈물로 진주의 샘을 적시어라

나뭇잎 밟고 가노라

내님을 그리아와 우니다니
산접동새 난이슷하요이다

「정과가」에서

새벽이라 찬 꿈자리 홀로
일어나 쪽거울에 얼굴 비추면
「그 전날 밤」의 인사롭흐처럼
야윈 나의 얼굴 애달파라

아으 탐스런 과일처럼
내 몸의 넘치는 시름 어찌 하리오
거짓과 비밀의 굴레를 벗어 버리고
나는 서리 머금어 핀 꽃을 꺾어라

어수선한 때의 발자취
꿈꾸는 알몸을 끌고 나는
홀로 서늘한 뜰에 서면

자류柘榴라 늘어 휘어진 가지에
익어 터지려는 붉은 열매 열매……

열매야! 네 시고 단 맛으로
반쯤 벌어진 꽃과도 같은
네 입술을 물들게 하라

저어 깊은 산 푸른 시냇가에
흩어지는 붉은 나뭇잎들은
푸른 하늘 비낀 물 위에 떠돌아
거울보다도 맑고 푸르게 비치어라

아으 헛되어라 시름은 여울물
때는 물과 같이 흐르는데
어딘지 애끊는 사슴의 울음 소리!

황화빛 햇살 아래
슬피 울며 구르는 나뭇잎을
나는 가벼이 밟고 가노라

(옛말)
그리아와=그리워서
우니다니=늘 울고 있다니(다니-탄사 '우니'의 '니'는 진행형)
난이숫하요이다=나는 비슷하외다(이숫-비슷)
「그 전날 밤」=투르게늬에프의 소설
'인사롭흐'=동 소설의 주인공명

축혼사祝婚詞
부부의 복을 빌어

별처럼 빛나는 눈동자
저녁달 비치는 호수처럼
세상 가운데 항상 넘치어 주시오라

넓고 큰 마음의 샘물이여
티 없이 개인 거울이여

봄바람처럼 부드러운 마음
따스한 햇빛을 빨아드리는 꽃송이처럼
다디단 넋의 술을 마시어 주시오라

서로 비춰주며 걸어갈 등불이여
넋과 넋이 빚어 주는 호화로운 잔치여

길이 사오시고 길이 사랑하시라
정성스레 모아 잡은 두 손길처럼
하나요 둘인 몸 되시오라

누리소서 온갖 복과 덕이여
믿으소서 돌과 쇠의 마음이여

새해 노래

덕이여 복이라호늘
나으라 오소이다
아으 동동다리

「동동」에서

새해라 초하룻날
눈 오다 개인 새벽에
가물가물 등불 켜 들고
우물에 나아가 백자 고운 사발에
정수라 한 그릇 담뿍 떠 놓고
무릎 고이 꿇어 두 손 모아
정성스런 마음으로 비옵는 뜻은
즈믄 해 지녀 온 겨레의 자랑이오라

검하 만인 비추실 빛 가지신 검하
높고 큰 하늘다운 모습 지니신 검하
우리 모두 가난한 몸이오라

옥으로 연꽃은 못 새겨 올려도
깁으로 고운 옷 못 지어 바쳐도
푸른 솔 한 가지 꺾어 드리오니
눈물 머금어 사뢰옵는 이 시름을
돌보아 거두어 주시오라

아으 지리한 궂은비 개인 날
하늘에 먹장구름 벗어지듯
서러움이랑 괴로움이랑 죄 몰고 가오지라
이 백성에게 무슨 죄 있사옵기에
이토록 찬바람만 마시며 살라 하시오니까
검하 크고 크신 어지신 마음으로
삼재 팔난 죄다 씻어 주소이다
온 겨레의 한결같은 발원이오라

빌어도 아니 되시면 차라리
싀어지어 벌레 짐승 되오리이다
어둡고 괴로운 이 땅 위에
죄도 허물도 탐내임도 없소이다
검하 바다 같이 넓은 품에 안으사
밝은 빛 골고루 비추어 괴오시고
삼재 팔난 죄다 씻어 주소이다

온 겨레의 한결같은 발원이오라

(정해, 첫날)

(옛말)
덕이여 복=덕과 복
이라호늘=이라 하는 것을
나으라=올리어(진상)
오소이다=오소서
아으=느낌씨
동동다리='동동'은 '둥둥'이니 북소리에서 따온 의음擬音이오 '다리'는 악기 소리
의 의음擬音
즈믄해=천 년
검하=심님('하'는 존경호격)
깁=비단
괴오시고=사랑하시고('괴'는 '총寵'의 뜻)
식어지어=죽어져서
삼재=풍수화의 재해, 기근, 질병, 병화의 재앙,
팔난=불가佛家이 팔고일생八苦一生, 노老, 사死, 이離, 원怨, 구부득求不得, 오음성五陰盛
(사음심四陰心)

단장 斷章

괴시란대 아즐가

괴시란대 우러곰 좃니노이다

「서경별곡」에서

나는 혼자이로라

텅 비인 세상 가운데

미워할 이도 사랑할 이도 없이

나는 혼자이로라

어느덧 초생달 이슬에 젖어

아으 구르는 잎 소리와

달빛에 우는 벌레 소리 없으면

나는 혼자이로라

울어라 울어라 벌레야

저 달이 지도록 울어라

너보다 시름 많은 나도 우니노라

삶은 쓰디쓴 술
눈 감으면 떠도는 환영
아으 저무는 나는 어찌 하리라

옷 홀홀 벗어 던지고
가시덤불 헤치며 헤치며
알몸으로 춤이나 추리라
미친 듯 춤이나 추리라

(정해, 늦가을)

추풍부 秋風賦

가시리 가시리잇고 나는
바리고 가시리잇고 나는

「가시리」에서

우닐다 우니나다
이 마음 우니나다

어디에서 오는 서러운 소식이기에
소리도 없는 가락을 나는 듣는가

듣고 우니나다 듣고 우니나다
슬픈 그 가락 듣고 우니나다

산엔 감이 붉게 익어
햇볕에 산호처럼 바희여라

하늘 보면 가슴 설레어

매해해! 염소는 우는데

나라에 슬픔 가시지 않고
이 몸 저며 시름도 많기도 많다

우니나다 우니나다
이 마음 우니나다

(정해, 시월, 열아흐렛날)

(옛말)
가시리=가시오리
가시리잇고=가시나니이까
바희다=바의다(빛난다)

공작부 孔雀賦

즈믄해를 외오곰 녀신들

즈믄해를 외오곰 녀신들

신잇단 그츠리잇가

「정석가」에서

별 언뜻 기울어

하늘엔 붉은 노을

버들잎 소리 없이 지면

새의 꿈 어지러워

흰모래 사뿐 밟고

끄으는 꼬리 무거워라

눈부신 비단옷

곱게 곱게 입고

암놈 숫놈 다가서서

마주 보고 서로 놀라

모래 위에 어리인 그림자

바람 탄 양 흩날려라

버들잎 하나 집어 물고
숫놈 꼬리 후두두 치면
무지개보다도 고운 빛으로
활짝 열리는 부챗살!
올 안이 벅차게 부풀어
타는 햇살처럼 환해라

크고 고운 꼬리 끝에
빛이 자아내는 아지랑이
잔털 스쳐 이는 바람
암노루의 배꼽 내 풍기어
검푸르게 수놓은 허공엔
반짝이는 금별 은별……

아으 죄스러워라
아름다움에 겨워
암놈 짐짓 물러서서
비인 하늘 노리면
쏴아…… 미친 바람에
지는 잎 하나 또 하나……

꽃의 봄 잎의 여름

때와 함께 다아 보내고

찬 서리 바람 가을이라

물고 온 남녘 나라의 꿈에

나날이 맺는 시름은

고운 빛 가진 죄여라

(옛말)

즈믄해=천 년

외오곰=호올로 외로이('곰'은 강세사)

신잇단=신만이야('잇'과 '단'은 강세사)

녀신들=간들(지내간들, 살아간들)

그츠리잇가=끊어지리이까

입추 立秋

아으 별해 바론 빗 다호라
도라 보실 니믈 적곰 좃니노이나

「동동」에서

소리 있어 귀 기울이면
바람에 가을이 묻어오는 소리

바람 거센 밤이면
지는 잎 창에 와 울고

다시 가만히 귀 모으면
가까이 들리는 머언 발자취

낮은 게처럼 숨어 살고
밤은 단잠 설치는 버릇

나의 밤에도 가을은 깃들어

비인 마음에 찬 서리 내린다

(옛말)
별해=물가에('별'은 벼리 '적磧')
바른=바리온, 버린捨
빗=빗梳
다호라=답도다(…과 같도다)
도라보실=돌아다보실顧 사랑하실
니믈=님을
적곰=제가끔? 조금?
좃니노이다=좇아가옵니다

가을

구월구일애

아으 약이라 먹논 황화고지

안해 드니 새셔가 만하애라

「동동」에서

한밤 동안에

나뭇잎들이

피투성이가 되고

해 질 무렵이면

하늘가엔

노을도 곱게 선다

바람 속엔 항상

암사슴의

배꼽 내가 풍기고

바람 속엔 항상

애 끊는

피리의 가락이 운다

(옛말)
황화黃花고지=황화黃花꽃이(국화)
안해=안애(마음속에)
드니=생生하니, 들어가니
새셔=세서歲序
만하애라=늦도다(하애라는 탄사嘆辭)

사슴

믜리도 괴리도 업시
마자셔 우니노라
얄리 얄리 얄랑셩 얄라리 얄라

「청산별곡」에서

머언 곳에서 오는
피리의 가락처럼
사슴이 운다
밤

이미 잃어진 옛날의
고운 그리움처럼
그 소리
꼬리를 물고 예는 곳……

아으, 생각하면
나의 전생은

사슴도 벌레도 물고기도

꽃도 별도 구름도 아니어라

밤의 노래

이리공 뎌리공 하야

나즈란 디내와손뎌

오리도 가리도 업슨

바므란 또 엇디호리라

서리 찬 달밤

대숲에 푸른 바람 일고

별이 수없이 지면

주린 범처럼 마아야는

자취 없이 일어나느뇨

아으 어린 짐승들의 울음에

머언 골을 되돌아오는 메아리여

눈 감아도 감아도 더욱 가까워

내 이 한밤 잠들지 못하노라

(옛말)
마아야=환영幻影(범어梵語)
메아리=산울림

별

진리眞理에게

어떤 어둠 속에서도 진리! 너는
항상 불타는 뜻을 잃지 않았다
오랜 세월을 비바람 눈보라 속에
날개를 찢기고 찢기면서도 너는
단 한 번 고개 숙인 적이 없구나
불타는 넋이여 굳고 억센 힘이여
너는 언제나 깊은 잠 속에서도 깨어나
화살처럼 곧고 빠른 네 뜻을 세워 나간다

감당할 수 없는 어떤 큰 힘이 있어
너를 내어놓아라 나에게 을러댄다면
진흙 속에 얼굴 파묻고 고꾸라질지라도
나는 못 주겠노라 오직 너 하나만은
십자가에 못박혀 피 흘리고 죽은 이처럼
빛나는 눈알에 괴로운 입술 깨물어
삶과 죽음을 넘어선 삶의 기쁨을 안고
찬란한 네 품에 안겨 눈감을지라도……

오오, 영원한 세월 속에 사는 것
너만이 끊임없는 괴로움 속에서
새벽을 알려 주는 쇠북 소리
너만이 새날의 닥쳐옴을 알려 주고
너만이 살아 있는 보람을 믿게 해주고
너만이 나와 나의 벗들의 흩어진 마음을
보이지 않는 실마리로 굳게 얽어 준다

(정해, 이월 스므사흘)

피

붉은 피는 돌아간다, 가슴속을
미친 듯 용솟음치며 돌아간다
목숨의 한 가닥 한 가닥을
이어나가는 싸이클이여

스이치를 누르면
돌아가는 벨트처럼
미덥게 뛰며 돌아가는 피

돌과 돌
쇠와 쇠가 마주치듯
오직 한 줄기
불타는 넋이여

불꽃은 살별처럼 난다
가슴속에 에네르기이가 끓어올라
보일러어는 안타깝게 노래한다

피가 뛸 때

목숨도 뛰고
원수와도 싸워 이긴다
피가 멈춰질 때
목숨도 멈춰지고
원수는 나를 짓밟는다

피가 아깝기에
피보다 목숨이 귀하고
목숨이 귀하기에
목숨보다 피가 아까운 것이다

피는
항상 새것을 탐하여
거품을 뿜으면서
낡은 페이지를 물들이며 간다

오오!
귀한 피
붉은 피
목숨보다도 목숨보다도
아까운 피……

(46, 봄)

지렁이의 노래

알지 못했노라 검붉은 흙덩이 속에
나는 어찌하여 한 가닥 붉은 띠처럼
기인 허울을 쓰고 태어났는가

나면서부터 나의 신세는 청맹과니
눈도 코도 없는 어둠의 나그네여니
나는 나의 지나간 날을 모르노라
닥쳐 올 앞날은 더욱 모르노라
다못 오늘만을 알고 믿을 뿐이노라

낮은 진구렁 개울 속에 선잠을 엮고
밤은 사람들이 버리는 더러운 쓰레기 속에
단 이슬을 빨아 마시며 노래 부르노니
오직 소리 없이 고요한 밤만이
나의 즐거운 세월이노라

집도 절도 없는 나는야
남들이 좋다는 햇볕이 싫어

어둠의 나라 땅 밑에 반듯이 누워

흙물 달게 빨고 마시다가

비 오는 날이면 땅 위에 기어 나와

갈 곳도 없는 길을 헤매노니

어느 거친 발길에 채이고 밟혀

몸이 으스러지고 두 도막에 잘려도

붉은 피 흘리며 흘리며 나는야

아프고 저린 가슴을 뒤틀며 사노라

(정해, 여름, 삼팔선을 마음하며)

슬픈 하늘

검붉게 부푼 흙덩이와
잎눈 뜬 가지가지와
봄을 어루만지는 햇빛과……
꺼질 듯 어두운 슬픈 하늘에도
봄은 지금 아련히 빛난다

사람 사람의 눈초리마다
보이지 않는 불길이 타고
사람 사람의 가슴속마다
오직 하나 억센 뜻은 끓어

봄을 탐하는 안타까움
진주 구슬보다도 빛나고
있는 듯 만 듯한 봄노래 속에도
빛과 빛은 뜨겁게 입 맞춘다

아아 굶주린 내 마음속에
뛰는 핏줄 속에

붉은 장미꽃은 멍울져도
머언 뒷날 묻는 이 있어
「너의 한 일이 무에냐」하면
서슴지 않고 대답할 말을
나는야 가지지 못하였노라

(정해, 이월, 스무날)

길

어두운 골목길을
바람처럼 더듬어 갈 양이면
꽃다발 대신 가슴에 지닌 시름이
고개를 든다

뒷간과 부엌과 방과 쓰레기통이
형제마냥 같이 있는
골목골목을 벗어나면
바람이 옷자락을 물어뜯는 거리

숨도 죽은 밤거리
저쪽 어둠 속에
큰 짐승의 눈깔처럼
끔뻑이는 등불 등불……

등불이 켜진 곳마다
길은 있는데 큰길도 있는데
길은 있어도 길은 없다

별을 보면 어금니가 저리고

달을 보면 억새밭처럼 서걱이는 가슴

어머니! 나의 갈 길은

어느 데에 있나이까?

(44, 겨울)

제운 밤

제운 밤 의로운 넋이 있어
어두운 마음의 거리에서
피 묻은 안타까움에 떨고 있노라

헛고대의 이 밤이 새고
속 아픈 새 아침이 또 오면
다시 꺼질 마음의 등불이어라

오직 고요히 비는 것
헛되나 바랄 것 그뿐이라
이 한밤 고요히 빌고 있노라

(45, 섣달, 그믐날, 밤)

별

넉시라도 님을한대 녀닛경景 너기다니

뉘러시니잇가 뉘러시니잇가

「만전춘」에서

밤 겨워 지친 별 하나

눈부시게 빛을 돋우고

꼬리도 기일사 어둠 속으로 스며라

별하! 어느 데뇨 떨어져 닿는 곳 ──

머언 하늘 아래 님 있어

그도 나처럼 허전하게 바라보는가

(옛말)
넉시라도=넋이라도
님을한대=님을 같은 곳에
녀닛경景=녀니…행行, 닛…강세사
너기다니=여기었더니(다니…탄사嘆詞)
뉘러시니잇가=누구이더이까, 웬일이오니까
별하=별아

잉경

울었다, 잉경
울었다, 잉경
거짓말이 아니라, 정말
잉경이 울었다

쌓이고 쌓인 세월 속에
두고 두고 먼지와 녹이 슬어
한 마리 커다란 짐승처럼
죽은 듯 잠자던 잉경……

살을 에우고 뼈를 깎는 원한에
이 악물고 참았던 서러움
함께 북받쳐 나오는 울음처럼
미친 듯 울부짖는 종소리……

나는 들었노라, 정녕 들었노라
두 개의 귀로, 뚜렷이 들었노라
── 이젠 새 세상이 온다

──── 이젠 새 세상이 온다

(46 가을)

(풀이)
'잉경'은 '인정人定'에서 온 말
'인경'이라고도 함

서라벌

나의 창窓

등불 끄고 물소리 들으며
고이 잠들자

가까웠다 머얼어지는
나그네의 지나는 발자취………
나그네 아닌 사람이 어디 있더냐
별이 지고 또 지면

달은 떠오리라
눈도 코도 잠든 나의 창에………

(용문산에서)

나비

산호빛 노을 속에
배꽃처럼 훨 훨 훨
흰나비 난다

새색시처럼 기쁜 양
청상 과부처럼 슬픈 양
훨 훨 훨 흰나비 난다

나비는
푸른 하늘에서도 온다
옛이야기 속에서도 온다

어여쁨이여 귀여움이여
아름다움이여 갸륵함이여
속절없음이여 헛됨이여………

(33, 가을, 남한산에서)

구름에게

하도 아름다운 모습이기에
당신에게 홀린 나의 가슴에
당신은 못을 박아 주고 가는구려

그래서 당신이
푸른 하늘을 지날 때마다
당신의 뒷모습을 뚫어지게 보는 것이오

(41, 여름, 백운대)

바다에서

해 서쪽으로 기울면
일곱가지 빛깔로 비늘진 구름이
혼란한 저녁을 꾸미고
밤이 밀물처럼 몰려들면
무딘 내 가슴의 벽에
철썩! 부딪쳐 깨어지는 물결………
짙어오는 안개 바다를 덮으면
으레 붉은 혓바닥을 저어, 등대는
자꾸 날 오라고 오라고 부른다
이슬 밤을 타고 내리는 바윗기슭에
시름은 갈매기처럼 우짖어도
나의 곁엔 한송이 꽃도 없어………

(42, 가을, 고성에서)

「서라벌」

버섯처럼 여린 모습으로
옛이야기 속에 나오는 마을 같을 마을

주춧돌과 기왓장의 나라
부러진 탑과 멋없이 큰 무덤의 나라

즈믄 해 두고 두고 늙은 세월
물어도 물어도 대꾸 없고

거치는 발끝마다 찬 풀 이슬이
눈물처럼 사뭇 신을 적신다

(경주에서)

(옛말)
즈믄해=천 년

나도야

나도야 살리라
오래오래 살리라
소금이 쉬고 바위가 모래 될 때까지
슬픈 일 많이 많이 보고
나도야 오래오래 살리라

때가 와서, 내가 죽는 날은
봄, 별이 꽃처럼 흐르는 저녁도
여름, 소나기 시원한 대낮도
나뭇잎 붉게 물든 밤도, 다아 그만 두고
다만 함박눈 소리 없이 내려쌓여
온 누리 희게 변한 아침이거라

(44, 1, 당진에서)

마을

부르는 소리

머언 들에서
나를 부르는 소리
들릴 듯 들리는 듯………

못 견디게 고운
아지랑이 속으로
꿈처럼 달려도 달려가도
소리의 임자는 없고

또다시 나를 부르는 소리
멀리서 더 멀리서
들릴 듯 들리는 듯………

(44, 4, 옛 마을에서)

달밤

담을 끼고 돌아가면
하늘에 하아얀 달

그림자 같은 초가 들창엔
감빛 등불이 켜지고

밤안개 속 버드나무 수풀
머얼리 빛나는 웅덩이

어디선지 염소 우는 소리
또, 물 흘러가는 소리………

달빛은 나의 두 어깨 위에
물처럼 여울져 흘렀다

(41, 여름, 옛 마을에서)

야윈밤

지친 달
가지 위에 머물고

물새의
깃을 치는 소리도 스러져

하얀 양귀비꽃처럼 바랜 밤은
숨결조차 자지러지게 껄떡여라

(45, 7, 옛 마을에서)

외갓집

엄마에게 손목 잡혀
꿈에 본 외갓집 가던 날
긴긴 여름 해 허둥지둥 저물어
가도 가도 산과 길과 물뿐⋯⋯⋯

별 떼 총총 못물에 잠기고
덤굴 속 반딧불 흩날려
여우 우는 숲 저쪽에
흰 달 눈썹을 그릴 무렵

박넝쿨 덮인 초가 마당엔
집보다 더 큰 호두나무 서고
날 보고 웃는 할아버지 얼굴은
시들은 귤처럼 주름졌다

(41, 여름, 옛 마을에서)

느티나무

옛이야기처럼

오랜 오랜 아주 오오랜 옛적

땅덩이 배포될 그때부터 있었더란다

굴속처럼 속이 훼엥한 느티나무

귀 돋친 구렁이도 산다는 나무·········

마을에 사는 어진 사람들은

풀 한 포기 뽑는 데도 가슴 졸이고

나무 한 가지 꺾는 데도 겁을 내어

들에 산에 착하게 사는 온갖 것을

한맘 한뜻으로 섬기고 받들었더란다

안개 이는 아침은 멀리 나지 않고

비 오고 눈 내리는 대낮은 집에 웅크리고

천둥에 번개 이는 저녁은 무릎 꿇고 빌어

어질게 어질게 도란거리며 도란거리며 살았더란다

(43, 겨울, 옛 마을에서)

(붙임)
이 시는 1943년 「삼천리」 남방 시인 특집에 내었었는데, 이 시가 불온하다 하여 정
간운운停刊云云으로 주간이 불리어 가고 작자도 경무국 출입을 한 일까지 있다.

마을

게딱지처럼 가라앉은 마을에
노을이 감빛 노을이 내린다

숲으로 이어진 길섶에
방울 소리 방울 소리 소 방울 소리

마침내 물소리 어둠 속에
피리를 부는 저녁이 겨우면

귀뚜라미는 온 마을을 에워싸고
방울을 흔들며 흔들며 운다

(옛 마을에서)

하늘 보면

가을은 마음속에도 오는가
하늘 보면 가슴 달떠
노새처럼 성격 사나워라

벼 이삭 무거워라
고개 숙인 두렁길 위에
코 뚫은 송아지 어미 불러 지치고

늙은 밤나무 숲으로 가면
지는 잎 세월처럼 쌓인 속에
뭇벌레 운다 미쳐서 운다

(옛 마을에서)

자류^{柘榴}

아가배나무 늙은 가지에
누르게 익은 하늘타리는
구름처럼 손에 닿지 않고

지렁이 찍어 문 수펑아리
암컷 좇아 풍기는 곳 ——
부러져라 늘어진 가지마다
붉게 고운 열매 열매………

스치면 우수수 쏟아질까
산호빛으로 비어진 알알
먹지 않아도 이가 시리어………

푸른 잎의 푸른 빛
붉은 열매의 붉은 빛
그것을 가늠할 제 나는
먼 산 보는 버릇을 배웠노라

(옛 마을에서)

낙엽^{落葉}

1

수선스럽게 잎이 지는 밤
바시시 창을 열면 어둠 속에
바람처럼 와서 기다리는 사람

2

바람에게 쫓겨 온 나뭇잎이
밭고랑에 누워 달을 본다

(옛 마을에서)

옛집

왕대 우거진 옛집에 와서
좀내 쾨쾨한 골방에 불 끄고 누우면

동 너머 번져 오는 머언 마을 개 소리는
두고 온 마을의 흉한 소문인 양

마음은 조바심의 불심지를 끄고
눈에 그리운 얼굴이 등불을 켠다

(42, 겨울, 옛 마을에서)

살어리

복종하고 싶은데 복종하는 것은

아름다운 자유보다도 달콤합니다

한용운 스승 「복종」에서

책 머리에

나는 또다시 이런 하찮은 책을 내어놓게 된 것을, 스스로 뉘우치노라. 정말 이것은 나의 꿈의 한낱 작은 조각에 지나지 않는, 초라하고 오죽잖은 열매임을, 나 스스로가 이미 알고 있노라.

허나, 나는 이 책을 통하여, 삶의 꿈을 어루만지며, 외롭고 높은 "스스로 믿는 마음"을 가질 수 있으니, 나는 이 꿈을 지님으로써 가슴속에, 눈부시게 빛나는 별을 품을 수 있어라.

아아, 어둠의 **카오스**混沌, Chaos 속에 나는 얼마나 몸부림쳤더뇨? 얼마나 많은 세월을 침묵의 옥獄 속에 유폐되었더뇨? 얼마나 많이 나는 어지러운 꿈자리 속에 오히려 높은 소리로 **헤르데링**Hölderlin을 읽고, **니이췌**Nietzsche를 이야기하였더뇨? 그때, 나는 무서운 절망의 깊이 모를 못 속에 갇혀 있었노라. 미처 날뛰는 나의 마음은 참혹한 자조 속에 허덕였어라. **휴페리온**Hyperion이나 **싸라투스트라**Zarathustra를 좇아다니고, 떠도는 그들의 넋을 내 넋으로 바꾸려 하였어라.

허나, 그때에 있어서도 나는 온갖 **뮤우즈**詩神, Muse들의 바른 말을 너무도 가벼웁게 여겼어라. 지금 다시 생각하여 되풀이하면, 스스로 부끄러워라. 이 하늘 밑에 별을 이고 태어나서

나는야 기쁨 대신 슬픔을, 웃음 대신 눈물을, 홀로 차지하여, 역사와 겨레의 갈 길을 환히 내어다보며, 어금니가 저리게 괴로워하였어라.

이제야 비로소, 나는 큰 소리로, 씩씩하고 억센 겨레의 노래를 바다보다도 크고 넓은 하늘에 불러 올릴 때가 왔노라! 눈물 대신 웃음을, 슬픔 대신 기쁨을, 괴로움 대신 즐거움을, 이 땅 위에, 꽃다발처럼 꾸며 바치기 위하여…………

이 책을 읽고 읊는 사람이 한 사람도 없을지라도 나는 도무지 슬퍼할 턱이 없노라. 나는 이름도 없는 몸 그대로 흙 속으로 돌아간들 어떠하리. 이름도 없는 죽음을 골라잡음으로써 무쌍의 광영을 삼으리.

그러므로, 이 땅 위에, 아직 새벽이 오잖아도, 나는 슬퍼하지 말진져! 세기世紀의 밤은 아직도 캄캄하므로 기다림에 주린 사람들은 모두 쓰러졌노니, 빛나는 아침의 새 햇살을 우러러볼 그때까지, 참고 싸울 사람이 몇이나 되리. 한 사람 두 사람 암흑의 구렁으로 떨어져, 마침내 들개野犬처럼 이름 모를 풀섶에 쓰러질지라도, 우리의 넋두리는 칠생七生의 괴물이 되오리라.

진정 나는, 애타는 마음의 쓰라림과, 삶의 괴로움을 안고, 까마귀의 주둥아리로 가슴을 파먹힐지라도, 나의 넋은 "죽지 않는 새不死鳥"가 되어 길이 전화轉化할진져!

4281, 2, 30

서울 꽃마을에서 지은이

사랑(서시序詩)

사랑은 모든 것의 어머님이시라

금실로 엮어 짠 햇살의 황금 열매와
검은 밤의 넓고 넓은 비단 장막과
풀 끝에 잠들다 스러지는 이슬 진주와
비인 하늘을 나그네처럼 떠도는
한 조각 흰 구름 속에도 있으오이다
그러지 마십시오 님아! 만일 이 누리에
사랑의 진한 젖줄이 마른다면
얼음보다도 차고 고추보다도 매운 삶에
어린 목숨들 어이 한땐들 사오리이까?
위 더덩둥셩 산 같아라 바다 같아라
길이 길이 샘솟아 마르지 않는
크고 넓은 온갖 목숨의 젖줄아!

사랑은 모든 것의 어머님이시라

4281, 3, 30

잠 못 자는 밤

살어리(장시^{長詩})

허두

살어리 살어리랏다
청산에 살어리랏다
멀위랑 다래랑 먹고
청산에 살어리랏다
　얄리얄리 얄랑셩 얄라리 얄라

　　　.....................................

　　일링공 더링공 하야
　　나즈란 디내와손뎌
　　오리도 가리도 업슨
　　바므란 또 엇디 호리라
　　　얄리얄리 얄랑셩 얄라리 얄라

　　　　.....................................

　　　　　　　　　　「청산별곡」에서

1

살어리 살어리 살어리랏다
그예 나의 고향에 돌아가
내 고향 흙에 묻히리랏다

나뭇잎이 우수수 지누나
황금빛 나뭇잎이 지고야 마누나

고운 빛 지닌 자랑도 겨운 양
나뭇잎이 울면서 지고야 마누나

누른빛 하늬바람 속엔
매캐한 암노루의 배꼽 내 풍기고
지는 해 노을을 곱게 수놓으면
어린 적 생각 눈에 암암하여라

조무래기 병정 모아 놓고
내 스스로 앞장 서서
숨 가쁠사 풀덩굴 헤치며 헤치며
대장 놀음에 해 지는 줄 모르던 곳

2

살어리 살어리 살어리랏다
그예 나의 고향에 돌아가
내 고향 흙에 묻히리랏다

벌써, 빠르게 꿈엔들 잊히랴
대나무의 가지로 활 매어
홍시라 쏘아 따 먹고
잠자리 잿불에 구워 먹던 시절

엄마가 빗겨 주는 머리
굳이 싫다 울며 뿌리치고
냇가에 나아가 온 하루 물탕치다가
할아버지께 종아리 맞던 생각

그때, 나는 풋사랑을 알았어라
달보다 곱고 탐스런 가시내
가슴의 피란 피 죄 몰리었어라
꿀에 미친 왕벌이 꽃밭을 싸대듯 ——

3

살어리 살어리 살어리랏다
그예 나의 고향에 돌아가
내 고향 흙에 묻히리랏다

물 같은 세월은 어느덧
사냥도 갈 나이 되자
산돼지 이빨을 꺾는 대신
나는야 머리 깎고 서울로 가고
그때부터, 나는 눈물의 값을 알았어라

겨레의 설움과 애달픔을 알았어라
그때부터, 나는 미친 호랑이 되었어라
자고 일어나 맞이하는 것 주림뿐이었어라

그때, 나를 기다려 지친 가시내
헛된 해와 달 보내고 맞다가
굳이 맺은 언약도 모진 칼에 잘리어
남의 님 되어 새처럼 날아갔어라

4

살어리 살어리 살어리랏다
그예 나의 고향에 돌아가
내 고향 흙에 묻히리랏다

고운 손길 한 번 못 만져본
애타는 시름 덧없이 보내고
나는야 잃어버린 땅 찾으러
사랑보다 더 큰 사랑에 몸바쳤어라

투구 쓰고 바위 끝에 서서
머언 하늘 끝 내어다보면
화살이 빗발치는 싸움터 나를 불렀어라
불 맞은 호랑이처럼 나는 내달았어라

날아드는 화살이 가슴에 맞는가 했더니
화살이 아니라 한 마리 제비였어라
비비배 비비배배…… 제비는 몸을 뒤쳐
내 어깨를 스치며 날아갔어라

5

살어리 살어리 살어리랏다
그예 나의 고향에 돌아가
내 고향 흙에 묻히리랏다

때는 한여름 바다 같이 넓은 누리에
수갑 찬 몸 되어 전주라 옥살이
예(倭)의 아픈 채찍에 모진 매 맞고
앙탈도 보람 없이 기절했어라

그때, 하늘 어두운 눈보라의 밤
넋이 깊이 모를 늪 속으로 가라앉을 때
한 줄기 타오르는 불꽃을 보았어라
그것은 도적의 마지막 발악이었어라

나와 내 겨레를 은근히
태워 죽이려는 그놈들의 꾀였어라
정녕 우리 살았음은 꿈이었어라
정녕 우리 새날 봄은 희한하였어라

6

살어리 살어리 살어리랏다
그예 나의 고향에 돌아가
내 고향 흙에 묻히리랏다

도적이 물러간 옛 터전엔
아직 서른여섯 해의 썩은 냄새 풍기어
겨레끼리 물고 뜯는 거리엔 까마귀 떼 울고
때 오면 이슬 될 목숨이 하도 하고야

바람 바다 밑에서 일어
하늘을 다름질칠 제
홀연히 나타날 새 아침아!
흰 비둘기처럼 펄펄 날아오라

내 핏줄 속엔 어느덧
나날이 검어지는 선지피 부풀어
사나운 수리의 날개 펴뜨리고
서러운 몸 밀물처럼 흘러가노라

7

살어리 살어리 살어리랏다
그예 나의 고향에 돌아가
내 고향 흙에 묻히리랏다

어린애 가슴처럼 세월 모르던 시절아!
바랄 것 없는 어두운 마음의 뒤안길에서
매캐하게 풍기는 매화꽃 향내
아으, 내 몸에 매진 시름 어찌 하리라

얼마나 아득하뇨 나의 고향
몇 산 몇 강 넘고 건너
구름 비, 안개 바람, 풀 끝의 이슬 되어
방울방울 흙 속에 숨기고녀

눈에 암암 어리는 고향 하늘
궂은 비 개인 맑은 하늘 위에
나무 나무 푸른 옷 갈아입고
종다리 노래 들으며 흐드러져 살고녀 살고녀……

　　　　　　　　무자, 정월, 스무날　당진, 닭잿골에서

잠 못 자는 밤(장시^{長詩})

1

어느 고요한 저녁
지친 마음의 언저리에
시름은 소리 없이 서리어
등불 화안한 책상에 엎드려
나도 모르게 졸음에 잠길 제
완연히 내 창을 흔드는 소리 ——
『누굴까? 이 밤에 나를 찾는 이……』
귀 기울여 가슴으로 듣자니
다시 소리는 잠잠……

2

……바람에 지는 잎 소린가
흩날리어 창에 부딪히는 잎 소린가
잎은 무엇 때문에, 무슨 일로 지고 날리어

시름 많은 가슴을 놀래게 하는다
잎은 무슨다 졸음조차 깨우는다
봄 바람 가을 물이 베올이 북지나듯
세월은 세월은 덧없이 가는데
풀 끝에 맺힌 이슬 방울방울 구슬 되어
댓숲 푸른 곳에 바람 피리를 부노나

3

결에 일어 문 열차고 섬돌 위에 서면
땅 위엔 희끗희끗 나뭇잎 쌓이어
나비 벌 잉잉대던 뜰엔 찬 기운 스며
스무 번 가을바람에 쓸쓸히 지는 잎
애끊는 시름 날 같은 이 또 있는다
도리혀 풀쳐 헤니 이리하여 어이하리
『가을밤은 애닯다』는 말
맨 처음 뉘라서 지어냈고
아마도 이 지위로 가을밤은 서러운가

4

뛰노는 가슴의 피 누르고
환히 비치는 마을의 불빛을 바라
어둔 밤의 한 허리를 딛고 서서
지나간 옛날의 가지가지 설움을 씹을 제
둘 없는 그 님의 이름 불러도
다시 못 올 그 이름 불러 보아도
대답은 없고야 대답조차 없고야
다시 못 올 그 이름
누리는 다만 어둠뿐………

5

눈동자 어둠 속에 번득이고
가슴속 피는 쉬잖고 도는데
오랜 고요 속에 들려오는 벌레 소리 ──
그는 내 넋의 길동무인 양
슬픈 소리를 하면서 물 연기처럼 흩어져
다만 어둠 속에 한 줄기 싸늘한 기운
그는 내 가슴의 식은땀인 양

싸늘한 밤기운 속에 자꾸만 식어지노나

6

다시 방에 돌아와 자리에 누우려니
또다시 내 창을 두드리는 소리 ——
더욱 거세게 뚜렷이 들려라
『무얼까? 누굴까? 내 창문 밖에 온 것은……』
마음아! 없는 소리를 너는 듣느뇨
내 귀가 정녕 들었는데
밖에선 바람이 지나는 발자취 소리뿐
그 소리 차차 커지더니 마침내
사나운 밤바람이 말굽을 달리누나

7

잠 못 드는 밤은 저승일레라
밤은 저승의 언덕 마귀의 누릴레라
자리 위에 번듯이 누워
벽에 걸린 **비너스** 쳐다보면

정녕 나는 아직도 살아 있나보다
벗은 모두 나오라 부르건만
숨어서 홀로 외로움을 안고
깊이 모를 생각에 잠겨 버리고녀
깊이 모를 생각에 잠겨 버리고녀……

(무자, 정월, 스무사흘)

흰 달밤에(장시^{長詩})

1

늙으신 어버이 나를 기다려
밤마다 짚베개 돋우 괴시는 곳 ──
그예 내 고향에 돌아오도다

섣달이라 보름날
한겨울에 때아닌 궂은비 내리고
이튿날 비는 눈으로 바뀌어
함박눈 소리 없이 쏟아지더니
낮 하루, 밤 꼬박
다음 날도, 그 저녁도
눈이 내리어 하이얀 눈이 내리어
떡가루보다 더 고운 눈이
흰 구슬보다 더 맑은 눈이
내리어 쌓이어 두 자라 석 자……

일흔에 한 살 적은 어머니는

새벽 영창 열치며
『오매! 생전 첨 보는 눈이네……』

2

눈을 보니 함박눈을 보니
내 마음 어린 적으로 배질 하나다
검둥 강아지 좋아라 뛰노듯, 나는
꿈처럼 문을 차고 나아가니

눈은 쌓이고 쌓이어
길과 논 내와 골 뒤덮고
달도 열이렛, 쟁반다워라
누리는 대낮보다 더 화안한데
마련한 곳도 없이 나의 마음은
발길 가는 데로 좇습니다

짜장 곱기도 고운지고
참말 맑기도 맑은지고
흰 눈은 내 마음의 모습이요
둥근 달은 나의 길동무라

자국 자국 새 눈길 밟고

끝 모르는 곳까지 가고지고

좁은 집 단칸방에 앉아

밀국수 먹으며 쳐다보던 지붕의 눈은

진흙 발길에 짓밟힌 골목의 눈은

감옥 쇠살창으로 환히 넘어다보는 눈은

모두 모두 볼꼴 사나웁더니만……

3

달아! 맑은 호수 물처럼

눈도 부시지 않게 밝은

너의 은은하고 그윽한 너그러움 속에

내 넋은 얼빠진 허재비처럼 서서

우러러 뵈는 그대 품에 덥석! 안기고녀

어머니의 사랑에 주린 아가의 마음으로 ──

달아! 그대 어질고 착한 마음으로

이 누리를 굽어 살피샤

사랑에 주린 이 땅 위에 진주를 뿌려다오

그대 부드러운 입맞춤을 내 가슴에 부어다오

그대 황금의 관을 고달픈 내 머리 위에 씌워다오
안타까운 나의 조바심은 도가니처럼 타노니

고요한 시름 따라 옮기는 발길에
전봇대 하나하나 기울어져 넘어가고
달에 비치는 눈은 금가루 은가루일레라
마음 어지럽고 눈부시어 벌써, 빠르게 못 볼레라

아으, 억 천만년 굽어 밝히시는 빛아!
해보다 더 더 맑은 빛 지니신 달아!
멎음 없이 너의 등불을 켜 들라, 이 밤이 새도록 ——
어두운 이 땅 위에 내 마음 위에
대낮은 고스란히 내어버려 두고 오직
밤만이라도 너의 은빛 눈웃음으로
길이 굽어 밝히라! 빛나는 사랑의 횃불로 ——

(섣달, 열 이렛날, 당진에서)

기
다
리
는 봄

봄

비단실을 가진 보슬비는
하늘과 땅을 얽어 맨다
해는 이슬 안개 속에서 웃어 나와
나뭇가지들의 곤한 잠 깨우고
아지랑이 속엔 연한 물소리와
간지러운 바람 속엔 방울 단 새소리와……

봄밤에

주린 언덕에 햇볕 돌아
보랏빛 오랑캐꽃 피고
짙은 꽃내 코에 젖어
취할샤 어지러울샤 미칠샤……

꽃가루는 꽃가루는
눈처럼 어지러이 날려
벌 떼 잉잉 미쳐 날고
마음 횡횡 달떠 스멀대고……

해 저물어 하늘엔 노을
어우러진 꽃 모두 지면
머언 하늘 바탕에 풋별 헤이며
두견이와 함께 나는 미쳐서 우노라

마을 길

머릿길로 머릿길로 접어들면
마음 흙내 먹고 함빡 취해
아지랑이 저쪽에 흰 길
건너 숲엔 새 떼 재갈 재갈……
슬며시 내리는 노을 속에
냇물 흘러 푸른 띠
나무다리 위엔 스연한 발자국
벌써, 빠르게 무너질샤 건너면
작은 마을 어귀 비인 술집
컹! 컹! 짖어 맞는 강아지……
자국마다 조약돌 밟으며 밟으며
어둠에 싸여 어둠 속으로 가도
머얼고 아득한 나의 마을

꽃나비

배나무 밑에 누워 나는 비인 생각을 엮고
님은 그 옆에서 길고 기인 실꾸리를 감았다

님의 잇속처럼 하아얀 꽃잎이 때로 그의 생각을 어지르면
나의 시름처럼 기인 눈썹이 그의 볼에 그림자를 수놓았다

채송화빛 노을이 꺼지어 흰 얼굴과 검은 눈동자만 남을 무렵
천상 그는 한 마리 고운 꽃 나빌레라 꽃 나빌레라

첫여름

들에 괭이의 날
비늘처럼 빛나고
풀 언덕에
암소가 기일게 운다

냇가로 가면
이런 바람이 버들잎을
물처럼 어루만지고 있었다

옛 생각

내 어린 적엔
하늘은 늘 푸르르고
구름은 항상
곱게 물들어 있었다

내 나이 들은 뒤엔
하늘은 늘 검푸르고
구름은 항상
잿빛으로 물들어 있었다

멋모르고

멋모르고 사는 동안에
나는 어느새 반이나마 늙었네

야윈 가슴 쥐어 뜯으며
나는 기인 한숨도 쉬었네

마지막 가는 앓는 사람처럼
외마디 소리 질러도 보았네

보람 없이 살진대, 차라리
죽는 게 나은 줄 알기야 하지만

멋모르고 사는 동안에
나는 어느새 반이나마 늙었네

땅김

땅덩이 한껏 기름져
잎과 나무 흐드러졌다

보리밭 더듬어 온 바람이
훈훈한 흙내를 풍기고

송아지 등에 윤이 흘러
어느새 뿔도 제법 자랐구나

쳐다보면 서쪽 하늘엔
해가 황혼의 꿈을 태운다

수박의 노래

나는 밭고랑에 누운 한 개 수박이라오

아이들이 차다 버린 풋·뽈처럼
멋없이 뚱그런 내 모습이기에
푸른 잎 그늘에 번듯이 누워
끓는 해와 흰 구름 우러러 산다오

이렇게 잠잠히 누워 있어도
마음은 선지피처럼 붉게 타
돌보는 이 없는 설움을 안고
아침이나 낮이나 저녁이나 슬프기만 하다오

여보! 제발 좀 나를 안아 주세요
웃는 얼굴 따스한 가슴으로
아니, 아니, 부드러운 두 손길로
이 몸을 고이 고이 쓰다듬어 주세요

나는 밭고랑에 누운 한 개 수박이라오

붉은 뱀

A에게

양귀비꽃 희게 우거진 길섶에
눈부신 붉은 금
또아리처럼 그려 놓고
징그럽게 고운 꿈
서리고 앉은 짐승
오오, 아름다운 꿈아!

죽음처럼 고요한 사이
내 눈과 네 눈이 마주치는 동안
징그러운 슬픔을 지녀, 너는
죄스럽게 붉은 한 송이 꽃이어라

선뜻 대가리 감아 쥐고
휘휘 칭칭 목에 감아나 볼까나

네 징그러운 몸뚱이 속에 품은
해보다도 뜨거운 넋의 불꽃 ──
낼름거리는 붉은 혓바닥으로

피도 안나게 물어뜯은 상채기 ——
이브 유우리디스 크레오·파트라……

누리는 열매 맺는 여름이라
호두나무에 호두 열고
능금나무에 능금 여는 시절……

어떤 이는 네 몸에서 사랑을 읽고 가고
어떤 이는 네 몸에서 이별을 읽고 가고
어떤 이는 네 몸에서 죽음을 읽고 갔다

아으, 못 견디게 고와도 아리따워도
덥석! 껴안고 입 맞추지 못함은
내 더럽힌 몸 다시 씻지 못하는 죄인져!

소내기

누리가 무너지는 날

바람은 희한한 재주를 가졌다.

말처럼 네굽을 놓아
검정 구름을 몰고 와서
숲과 언덕과 길과 지붕을 덮씌우면
금방 빗방울이 뚝 뚝……
소내기 댓줄기로 퍼부어

하늘 칼질한 듯 갈라지고
번개 번쩍! 천둥 우르르르……
얄푸른 번갯불 속에
실개울이 뱅어처럼 빛난다

사람은 얼이 빠져 말이 없고
그림자란 그림자 죄다아 사라진다

늙은 나무

외딴 곳에 있는 늙은 나무는
외딴 곳에서 만나는 늙은이처럼
보면 볼수록 무서워……

험상스런 이마며
심술궂은 눈알이며
억세인 콧날이며
커다란 아가리며……

또, 귀를 대고 들으면
숨소리도 들리고
말소리까지 들리더라
「……나하구 같이 가자! 같이 가자!」

해바라기 (1)

벗아! 어서 나와
해바라기 앞에 서라

해바라기 꽃 앞에 서서
해바라기 꽃과 해를 견주어 보라

곯는 해는 못 되어도
가슴엔 해의 넋을 지녀
해바라기의 꿈은 붉게 탄다

햇살이 불처럼 뜨거워
불볕에 눈이 흐리어
보이지 않아도, 우리 굳이
해바라기 앞에 서서
해바라기처럼 해를 보고 살지니

벗아! 어서 나와
해바라기 꽃 앞에 서라

해바라기 (2)

해와 같다
허나, 해는 아니여
달은 더욱 아니여……

아아, 얼마나 부러웁기에
이름마저 해바라기

해바라기는
더운 바람 속에
노랗게 노오랗게 탄다

아야, 해바라기
해를 따라 돌아가는
너의 멎음 없는 조바심

차라리 황금 투구나 되라
그도 못할진대
차라리 금빛 뱀이 되라

금빛 뱀 되어

잠든 아가씨의 방으로 들라

카인처럼, 카인처럼……

(주)
카인=아담의 맏아들로 그 아우 아벨을 죽인 인류 최초의 살인자

허재비

다아 떨어진 등거리에
쪼그라진 밀짚벙거지 눌러쓰고
논머리에 까치발로 서 있어도
가슴엔 조바심이 맴돈다

『……행여 새 떼가 쪼을까
……행여 빗발에 치일까
……행여 바람에 쓸릴까』

노을도 곱게 서는 저녁
마음은 외롭고 서글퍼도
무르익은 벼 이삭 굽어보면
천 가닥 시름이 구름인 양 사라진다

저녁노을

하늬바람 속에
수수잎이 서걱인다
목화밭을 지나
왕대숲을 지나
언덕 위에 서면

머언 산 위에
비늘구름 일고
새소리도 스러지고
짐승의 자취도 그친 들에
노을이 홀로 선다

가을의 가락

가을은
생각의 거미줄에
야윈 목을 매고
가쁜 숨 쉬는 시절이라
지는 잎 부는 바람
흘러가는 구름에
마음도 따라 흘러가노니

가는 가을

밤은 저 혼자
시름없이 거므는데
수양버들 가지가
바람을 걷어 안고 춤을 춘다

아아, 이 속을
애처로운 가을은 간다
징용 간 외아들처럼
한 번 가면 못 올 듯
끝내 헛바람 속에
슬픈 가을은 가고야 마누나

낙엽 落葉

소리도 자취도 없이
내 외롭고 싸늘한 마음속으로
밤마다 찾아와서는
조용하고 얌전한 목소리로
기다림에 지친 나의 창을
은근히 두드리는 소리

깨끗한 색시의 거룩한 그림자야!
조심스러운 너의 발자취 소리
사뿐사뿐 디디며 밟는 자국

아아, 얼마나 정다운 소리뇨
온갖 값진 보배 구슬이
지금 너의 맨발길을 따라
허깨비처럼 내게로 다가오도다

색시야! 그대 어깨 위에
내 마음을 축여 주는

입맞춤을 가져간다 하더라도
그대 가벼운 몸짓을 지우지 마라

있는 듯 만 듯한 동안의 이 즐거움
너를 기다리는 안타까운 동안
너의 발자취 소리가 내 마음이어라

타는 마음

민요풍民謠風으로

산에 산에 붙는 불은
물로나 끄지 물로나 끄지

이 내 속 타는 불이야
무슨 물로 끄나 무슨 물로……

그러지 마십시오 님아! 혀가 안 돌아
말이 막히네 말이 막히네

언제나 헤어질 때면
겨우 한 마디 「잘 가시오」

산

백운대白雲臺에서

별 산허리에 끊쳐

바람 뺨에 차고

땅의 숨결 멀어

번개와 바람 단둘이 이야기한다

우르르르………

우르르르………

산 그 서슬에 놀라

큰 짐승처럼 소리쳐 내닫고

두려움에 떠는 가슴 머리칼과 함께

별이 떨어져 돌이 되는 머언 골로 달리다

기다리는 봄

지붕도 나무도 실개울도
죄다아 얼어붙은 밤과 밤
봄은 아득히 머언데
싸락눈이 혼자서 내리다 말다……
밤이 지새면 추녀 끝엔
수정 고드름이 두 자 석 자……
흉칙한 까마귀 떼 울음소리와
울부짖는 된바람의 휘파람 뒤에
따스한 햇살이 푸른 하늘에 빛나
마침내 삼단 같이 기인 햇살로
아침 해 둥두려시 솟아오면,
장미의 술 속에 나비 벌 취하고
끊긴 사랑의 실줄은 맺어지리

나

남들은 사는 것을 좋다 하지만은
나는 자꾸 죽고만 싶어요

사는 것이 좋은 줄이야 알지만은
더럽게 사는 것은 죽는 것만 못해
나는 자꾸자꾸 죽고만 싶어요

참된 죽음은 참된 죽음은
값없는 삶보다 오히려 낫습니다

만일 당신이 나더러
옳지 못한 일에 죽으라 하시면
그것만은 나는 못 하겠습니다

시조(이장二章)

삼일절三一節을 맞이하여

드리는 말씀

(한메 이윤재 스승께)

잃어진 나라의 말 되살리어 가꾸실 제

고운 꽃 밝은 달도 모르시고 사시어라

심으고 꽃 못 보시니 아니 울고 어이리

님의 절개

(한용운 스승께)

얼음이 차다 한들 님에게야 비길손가

불길이 뜨겁단들 님에게야 견줄손가

지키신 님의 절개는 하늘보다 더 높아라

(48, 2, 28)

꽃피는 달밤에

A에서

빛나는 해와 밝은 달이 있기로
하늘은 금빛도 되고 은빛도 되옵니다

사랑엔 기쁨과 슬픔이 같이 있기로
우리는 살 수도 죽을 수도 있으오이다

꽃 피는 봄은 가고 잎 피는 여름이 오기로
두견새 우는 달밤은 더욱 슬프오이다

이슬이 달빛을 쓰고 꽃잎에 잠들기로
나는 눈물의 진주 구슬로 이 밤을 새웁니다

만일 당신의 사랑을 내 손바닥에 담아
금방울 같은 소리를 낼 수 있다면
아아, 고대 죽어도 나는 슬프지 않겠노라

(4821, 4, 28, 밤)

반딧불

온갖 보람 있는 말은

　침묵의 밭에 열린 이삭이요,

　　온갖 영원한 말은

　　　어둠의 고요 속의 별이어라

흐라바너스Hrabanus

유월

보리 누르게 익어

종달이 하늘로 울어 날고

멍가나무의 빨간 열매처럼

나의 시름은 익는다

반딧불

잎 그늘에 반짝!

푸른 등불

비취빛 쟁반에

진주 이슬방울……

흰 나리(백합^{百合})

저녁마다 꽃밭에

찬 서리 내리어

나의 아가씨는

가슴을 앓는다

바람의 철

가을은 바람의 철이다

수수잎 기인 옷자락에

지레 와서 서성댄다

구월

푸른 세월 지쳐 물러가고

밤마다 국화 송이에 찬 서리 스며

안개 낀 나날이 근심 속에 거믄다

달

밤마다 울면서 보는 달이외다
밤마다 울면서 새는 밤이외다
밤은 원수, 가을밤은 원수
밝은 달밤은 더욱 원수
슬피 우니는 벌레 소리도 원수
하늬바람에 지는 잎 소리마저 원수……

여름

이슬방울을 밟고 와서

서리밭을 타고 간다

꽃과 잎을 안고 와서

바람과 낙엽에 쌓여 간다

시월

가을의 병든 바람 속에

나비 나래는 무거워 간다

바닷가에

춤추는 별을 낳기 위하여서는 사람은, 속에

카오스混沌, chaos를 지녀야 한다

「싸라투스트라 서설」

바닷가에

살어리 바닷가에 살어리
나문쟁이와 조개랑 먹고
시원한 바닷가에 살어리

아리따운 조개의 꽃
외딴섬 바위 기슭에
부딪히는 물결 소리 들으며

밀물 냄새 풍기는 물거품에
날개 적시며 적시며, 갈매기처럼
펄펄 날아돌며 희게 희게 살어리

아득한 머언 바다 바라보며
아침이나 낮이나 저녁이나
휘파람 불며 불며 살어리

바닷물 위에 돌팔매 쏘면서
내 마음 희게 희게 빛나도록
조약돌 던지며 던지며 살어리

아침 바다

갈매기의 흔드는 손수건에
바다의 아침은 열려

새애파랗게 틔는 하늘이
바다보다도 해맑은 아침

바다의 배때기는 노상
육지보다도 높게 부풀어

오늘도 바다는 저의
육척한 몸집을 뒤틀고

외로운 마음은 갈매기처럼
훨훨 울며 날아 가누나

(고성에서)

바다

한 점 구름 없이 개인 하늘
흰 모래언덕에 앉아 바다를 본다

옷에 번지면 파아랗게 물들리
하늘보다도 푸르른 바다……

푸른 섬에 잠자는 흰 등대
돛과 돛이 아침 인사를 바꾼다

소아…… 소아…… 모래언덕을 핥는 물결의 혓바닥……
나는 아노라! 속삭이는 바다, 너의 비밀을

(고성에서)

또 하나 바다

쟁반만큼 둥근 달이
대낮처럼 화안한 밤을 켜 놓았다

모래언덕에 기인 그림자 세워 놓고
염통으로 듣는 물결 소리 ——

소아…… 파아…… 출렁……
출렁…… 파아…… 소아……

나의 가슴에도 물결 소리 있어
나의 가슴에도 또 하나 큰 바다 있어……

(고성에서)

밤바다에서

팔미조八尾鳥 바다

넓으나 넓은
바다의 품에 안기어
오고 가는
검은 구름 속으로
숨이 흐르는 쪽달 쳐다보며

이 저녁
내 배는
동쪽으로 동쪽으로
기우뚱 기우뚱 떠나가누나

밤바람은 물 위에
검은 빛 주름살을 지우고
가뜩이나 으슥한데
물새 울어 더욱 서럽고야
사나운 물결의 아우성과 함께 ——

야······ 이 저녁

나는 고래처럼

물속에 잠기고 싶구나

겨레의 눈물 죄다아 걷어 가지고

끝 모를 이 바다 밑으로

뉘우침 없이 가라앉고 싶구나………

(무자, 정월, 당진에서)

미수록 시

옛 성城터에서

북한산北漢山 고성지古城趾

굳게 굳게 긴- 영화를 꿈꾸자던
백성의 피의 결증·옛 영웅의 창업의 남겨진 선물이여!
높은 봉 위에 엄연히 서서
한 나라의 실마리를 지키던 옛 성벽이여!
너를 세운 영웅은 어디로 가고
어느 아침 울려오는 총ㅅ소리에
산천이 울고 초목은 떨며
너의 얼굴 위에 살과 탄환은 부딪쳤구나

흘러 흘러 가없이 흘러 때와 공간을 타고
영겁의 나라로 걸어올 때
그대 눈앞에 보이는 것 지나가는 것 들리는 것
지금은 모도 다 ── 바뀌었구나 ──
앞으로 한강 위에 쇠다리가 건니우고
전에 들은 종로 잉경ㅅ소리도 간 곳 없다
백성의 피 긁어 세운 경복궁 대궐도
헐어진 지 벌써 오래로구나
대소인 하마비 백인 종묘 뒷담도

자동차 길 되고자 헐리고
압박골 자동차 얽혀 가는 혼 —
이렇게 바뀌었구나 바뀌었구나

너를 세운 영웅 한 번 가더니
다시는 못 오거늘
너만 남아 있은들 무엇에 쓰리
다만 지나는 때와 공간만이
그대의 여윈 자태를 에워가고
점점 죽어 가는 네 얼굴은
점점점 창백해 가는 지나는 무리의
비통한 가슴만 울리려느냐?

아! 영원의 침묵을 않고
옛이야기조차 할 줄 모르는 침묵의 고성이여!
그대는 허영 없는 탄식을 버리라
이 땅이 낳은 새 시대의 아들들이
새로운 거화를 들어
너의 가슴을 더듬으리니……

— 1931.8 —

『비판』, 1931.11

황야荒野에 움 돋는 새싹들

과거 —
그는 이 마을을 지나가는 더벅머리 길손에게
이상한 이야기를 들었다.
그러나, 늙고 가난한 홀어머니와 들에 나가 풀을 뜯고
처량한 뻐꾹새 울음 들에 울려올 때
그 곡조 맞춰 노래만 부르던 그에게야
오호, 나 어린 그에게야 어이 알았으랴, 그 말의 뜻을……

삼 년 뒤 —
이 마을에도 따스한 봄빛은 찾아왔다.
낮이면 그는 들에 나아가 땅을 파고
저녁이 되면 가갸거겨를 배운다.
그러나, 해마다 파는 그 땅ㅅ속에서
다만 기갈과 공포의 생활고만을 파헤칠 때
오 — 그에게도 그 가슴에도 새싹이 튼다네 —
아지랑이 낀 하늘 저편 멀리멀리
그 언젠가 이 마을을 찾아왔던 길ㅅ손을 생각하고

연약한 그 가슴에도 한낱 깨달음이 솟아나다, 솟아나다.
사악과 허식을 떠나, 인간 생활의 초점을 쏘아 내는
위대한 과학자보다도 더 큰 부르짖음 ―
― 나는 가난한 농부의 자식이다
　파고 파는 이 흙 속에서 얻는 것이 무엇인가………
　오… 그의 말이 옳더라

오월의 어스름 달밤
그는 무변광야의 천 리ㅅ길인 삶의 황야에
의식의 거룩한 거화를 높이 들고
요원한 첫 시험의 길을 떠났네
그러나, 길은 멀고도 험하여 막막한 광야!
무서운 폭풍우 날빛을 흐리어
그의 가슴에 초조와 겸허를 흐느낄 때
그는 큰 소리로 외치우다.
― 내 힘은 아직도 약했구나
　강철 같이 굳든지 불 같이 뜨거우라!

가다 가다 날이 저물어

초원 대야에 달빛이 덮일 때

숲속에 동천動天하는 맹호의 으흥! 소리 온 들에 사무치고

날카로운 독사의 무리 떼를 지어, 주린 사자와도 같이

기갈을 못 이겨 초근과 목피를 캐고 뜯는 그에게

안타까운 실마리 생명을 노리다.

굳센 마음 철퇴 같이 걸음은 힘차고 빠르건만………

유월의 염천炎天

뜨거운 뜨거운 불빛 태양이 대지를 압도할 때

땅 위에 모-든 모-든 잔재는 타 버린다!

하건만, 내리쪼이는 혹염 밑에도 그의 걸음은 매진邁進하다.

수많은 동×와 기운찬 승리를 꿈꾸면서 —

오호, 그의 세 번째 부르짖음!

— 네 힘 앞에 굴복할 내 아니다.

　네 힘 앞에 굴복할 우리가 아니다.

-1932.6 H・W-

『비판』, 1932.8

아침

내 마음ㅅ속에 쏘는 화살로서

아침 —

여명의 동천東天을 뚫고 무거운 침묵에 잠긴 암흑의 황야에

한편 팔을 들어 북을 울리고,

다른 한 손으로는 대지의 심장을 파헤치고 헤치일,

그리고 이제껏 잠자는 온갖 저주와 복수의 날카로운 화살

을 들어,

세기를 두고 꽂고 꽂던 그 목표를 쏘아 떨굴……

오, 용감히 뛰어나아갈, 기운차게 열리는 위대한 아침의

서곡이다.

×

억만년 타는 태양의 붉은 계시 아래에 한마디 신호를 따라

흑연과 홍진의 도회에 물을 끼얹었고,

아침 이슬에 잠긴 고목의 야원野原으로 나아가 한 번 소리

치면

묵언의 검은 얼굴과 풀잎과 황소 떼들이 그 소리에 뛰어나

오고,

산악에 올라 또 한 번 외치면 심산유곡에 자욱하던 운무조
차 달려 나올……

그리하여 그곳에 비로소 삼라만상이 기갈과 비분을 잊고,

그 법열法悅 앞에 푹 파묻힐 희열과 공포가 함께 날뛰는

그 위대한 아침의 첫걸음이다.

×

이곳에서 그 누가 쎈치멘탈의 봄노래를, 비수에 잠긴 연가를

얄궂은 곡조로 노래하느냐? 혼을, 예술의 신을, 가을의 노

래를……

벌써 어젯날 마음의 유성이 흘러감을 보았노니……

오-직 풍운우風雲雨 앞에 전율하는 낙엽의 형자形姿임을

오-직 붉게 붉게 타는 아침 햇발을 안고, 무한의 파동을

대지의 심장에 뿌리 깊이 박을 새 아침의 황야임을……

×

가거라, 내 마음에 약한 근성아, 내 눈에 얄궂은 눈물아,
내 혈관ㅅ속에 불순한 피야!

약한 근성! 너는 끊임없이 주저躊躇를 주었다.

얄궂은 눈물! 너는 항상 실패를 주었다.

불순한 피! 너는 오로지 야심을 주었다.

오, 가거라, 내 맘에, 내 눈에, 내 혈관에, 모-든 부당한 존
재여 —

-1932.3(내 마음에 새날을 노래하는 날)

『비판』, 1932.9

폭풍우暴風雨를 기다리는 마음

도회의 밤이 오나 보다.

증오와 음모와 복수와 계획의 불길이 활활 타오르는 도회의 밤이 오나 보다!

지금 낮과 밤을 분석하는 네온싸인이 반짝이고 군중은 그 불빛을 따라 움직이고 멈추고…….

도회의 가슴팩이에 매달려 몸부림치며 울려 나오는 광상곡도 지금 시간과 공간을 넘어

무아몽중의 별세계인 미몽의 흐릿한 꿈길 위에 고이 잠들고

멀리 암흑 속에 잠긴 산영조차 조소할 듯이 충천의 기세를 자랑하는 웅대한 건물 사이로

창백한 얼굴 위에 눈물을 머금은 달빛이 니히리즘의 노래를 구슬피 맞추고 있다.

이것은 현대 문화의 찬란한 서광의 남은 빛을 자랑하는 과학 문명의 최고봉!

오! 그렇건만

과학자의 위대한 발명품도 지사의 참된 의도도 다 한가지
황금과 권세의 수레 앞에 고개를 숙이고

역사는 다만 끊임없이 전진하고 만다. 하고 만다.

온갖 것을 모조리 짓밟고 그 위에 장엄한 자태를 마음껏
작란作亂시키는 미증유의 도시!

한편에는 귀엽고 예쁜 자식을 다른 한편에는 천하고 더러
운 자식을 길러내는 쌍생아의 배태. 양극의 도시!

◇

밤은 생존과 도태의 매개소!

그럼에야 어찌하랴. 이 착란錯亂한 거리 이 골목 저 골목 모
퉁이 모퉁이에서

「으앵!」 소리 들린다. 「아이고!」 소리 또한 들린다. 낳고
죽는 무리!

그러나 생죽음 ─ 굶어 죽고 지쳐 죽은 죽음 죽음…………

오호 이 도회는 한편에 향락과 무답舞踏을 춤추고 다른 한
편에 죽음의 만가를 외우면서

끝없는 끝없는 허무의 나라로 줄달음질 친다.

◇

옛날 화산의 폭파는 폼페-의 찬란한 문화를 잿속에 파묻었다.

오늘 이 도회의 심장에 불길이 붓는 대로 붓는 대로………
…….

안전전安全栓을 찬 이 도회만은 좀처럼 탈 듯싶지 않다. 무너질 듯싶지 않다.

허나 오늘의 이 도회의 심장에 세균이 뿌리 박힌 지 이미 오랜 옛일

그는 화산도 지진도 일사도 혹한도 아니건만 대홍수大洪水의 거센 물결이 하루 아침 몰려들면

이 거리의 부당한 존재는 떠나가리라. 씻기어 가리라. 다시 못 올 영겁의 동굴 속으로………….

영화와 비참을 실은 채 이 밤도 삼경을 지나 고요한 침묵의 바다에 배질한다.

이 밤은 광명과 암흑을 명멸시키는 지상의 등대!

하늘에는 새하얀 달빛조차 가리어지고 땅에는 밤의 병졸 등불조차 깜박거린다.

바람이 불고 구름이 덮인다. 폭풍과 흑운을 지시하는 기상의 변화!

금시에 무엇이 쏟아질 듯한 날새! 골목골목에서 들리는 소리 ―.

『이제야 ×××× ×××××!』 폭풍을 기다리는 환허幻虛한 마음속에

항상 쏟아질 듯하면서도 안 쏟아지는 그 빗발이 오늘에야 쏟아지려나 보다.

오호 이 거리의 동무들이여 빨리 ××× ××× ×××.

비 온 뒤의 개인 날빛이 그립거든 어서어서 ××××× ×× × ×××!

이 도회의 더러운 때를 씻어 줄 굵은 빗발을 맞이하기 위하여……………………….

『비판』, 1932.11

가을바람 불어올 때

북쪽 나라 멀고 먼-ㄴ 요동 칠백 리ㅅ벌 불어오는 찬바람은
이 전원의 들밭에도 찾아와 나뭇잎은 우수수! 떨어진다.

○

싸늘한 밤 서리 소리 없이도 땅 위에 내려앉고 고요한 침
묵 속에서 한두 마리 구슬픈 벌레 소리
　— 아! 추워 —
장차 음습한 찬바람의 무서운 경고와도 같이……….

○

들에는 황파黃波의 무르녹는 곡식들 제 무게에 고개 숙이고
　해맑은 하늘 위에는 추월대공의 뭇 기러기 떼 지어 울며
날아간다.

○

참으로 참으로 뼈만 남은 손으로 파고 심고 가꾸어 내는 사람에게

곡식이 익어감을 바라보는 것보다 더 큰 기쁨이 어디 있으랴.

그 희열 속에 푹! 파묻혀 그대로 질식한들 어떠랴!

○

하건만 머지않은 앞날 저- 언덕에 벼실이 수레 소리 들려오고

온 일 년 내- 일심정력 있는 대로 바친 곡식을 ××× ×××

그리고 값없는 탄식과 절망의 눈물만 찾아올 얄미운 가을

임에야·········.

○

주린 어머니의 껍질만 남은 젖꼭지에 매달려

「왜, 젖이 아니 나와-」하고 보채는 아기의 철모르는 소견을

눈물로 달래어 엄동설한을 새우게 할 가을바람이거든

오호, 기여코 기여코 그 몹쓸 가을이거든 오지나 말지·········.

○

보라, 그들의 피를 들이마실 저- 곡식은

얼마나 먹음직스러운가를 —

저 호미를 들고 흙과 흙을 뒤지고 뒤지어 그곳에 비로소
몇만 번의 가을이 오고 갔는가를 —

○

그러나 가을마다 가을마다 찾아오는 똑같은 푸념이었나니
— 올에는 바람도 장마도 벌레도 없어 풍년이다.
하지만, 장례 갚고 세금 물고………무엇 먹고 사나! —

○

가을이 오면 낮이나 밤이나 이 푸념!
낙엽의 동산에 피눈물만 뿌리고 값없는 저주만을
허공중천에 실려 보내던 때도
이제는 지평선 저- 너머로 사라지련다.
그러나 허겁한 푸념과 절망의 한숨을 버리고
중공 높이 날아가는 떼 기러기처럼
××× ××× 나아길 참다운 가을이 올 때까지……….
오오, 참혹한 이 마을을 음습하고 농락할 무서운 가을바람은
몇 번이나 몇 번이나
무한의 울음에 순사殉死하는 자들을 조소할 것이냐?

— 1932.가을 —

『비판』, 1932.12

겨울밤

겨울 밤거리 음산한 공기 속으로

  아테너-가 운다.

반달은 하늘에 얼어붙고

바람은 뼈다귀 같은 나뭇가지를 흔들 때

처마 끝 함석 차양이 덜컹!

공장 안 한난계寒暖計는 영하零下 십도+度다.

숨을 끊긴 무쇠 연통

비인 하늘에 삿대질하고

멀-리 정거장 막차의 고동이 빽! 울었다

겨울 밤은 깊어만 가고

기름등잔 옆에 늙은 어머니 탄식하실 뿐

밤은 깊어만 가네

『조선일보』, 1933.1.3

두 주먹

    개의 넋에다 사람의 탈을 뒤집어쓴 인간들에게 두 눈에서 쌍심지가 나올 모욕을 받을 때마다 두 주먹은 불끈! 쥐어지 건만!

    그러나,

『참아라! 네게 해가 돌아올 것을 ─』

마음속 한구석에서 노예근성이 소리치더라!

아! 주먹이여!

불끈! 쥐어진 너의 갈 곳은 어디메드뇨?

무엇에게, 누구에게, 그놈에게,

아니! 마음속 뿌리 깊이 박힌 노예근성에게?

오오! 주먹이여!

제 갈 길을 모르는 어린 양의 넋이냐?

알고도 못 믿고, 믿고도 못 가는, 비겁자의 넋이냐?

『조선중앙일보』, 1936.3.4

한 덩이 마늘

서리 내린 어느 아침
그는 마늘을 캐어
햇볕에 쬐어 말렸다.

눈 내린 어느 아침,
그는 마늘 한 덩이를 집어
물 ㅅ기 없는 꺼풀을 뜯어 보았다.

그때까지도 마늘은 살아 있었다
옥 같이 윤태 나는 그 빛깔!
그리고 코에 스치는 매캐 — 한 그 내음새!

흙덩이처럼 말라붙은
작고 작은 한 덩이 마늘 속에
죽지 않고 숨 쉬는 한 개의 생명!

그는 보았다,
한 덩이 마늘 속에

불타는 생의 욕구가 넘치는 것을……………
그때, 그는 생각했다!
목숨 있는 것에게 생의 욕구가 없을 때
거기에는 무덤이 기다릴 뿐이라고……………

비록 한 덩이 마늘 속에도
불타는 생의 욕구가 있다면
그것은 있을 것이다, 사람인 그에게도

그러나 야속함이여
마늘을 심고 캘 수 있고
벼와 보리까지도 심고 걷을 수 있는 그에게는……………

멀미 나는 날과 날
목을 태워 가며 거둔 나락까지도
머리털 한 가닥처럼 내놓는 생의 욕구!

그리고, 다시 오는 새봄을 기다려
야위고 야윈 팔다리에 헛기운을 돋우고
뱃가죽을 들켜 쥐는 생의 욕구!

그는, 알지 못하는 동안에

가슴속에 싸움의 율려律呂를 씹고

힘ㅅ줄 선 두 팔에 눈을 모았다.

-구고舊稿-

『시건설』, 1936.11

사행시초 四行詩抄

1, 권태

손가락을 깨물면 피가 난다더냐.
면도칼은 잘 드나 든다더구나.
낮이나 밤도 없는 동원凍原의 한복판아!
모-든 것이 재가 되는 회색의 사막아!

2, 야음 夜陰

시계의 숨소리가
끝없는 야음을 잔칼질할 때
잠을 놓친 마음의 호수엔
돌맹이가 우수수 — 쏟아진다.

3, 불구

봐도 못 본 체하니 소경이라 하오.
들어도 못 들은 체하니 귀머거리라 하오.

입을 다물고 있으니 벙어리라 하오.

눈이여, 귀여, 입이여, 차라리 없지이다.

『맥貘』, 1938.12

파도 波濤

언덕으로 —
언덕으로 —
기어오르고 싶은 죄 없는 꿈이다!

그러나 한 번도
아름다운 그 꿈을 살려 보지 못한 채,
오늘도 언덕을 치받고 몸부림치는 놈.

우우우우…… 몰려와서는
바위의 앙가슴을 집어 뜯고,
쭈루루루…… 달아난다.

치받다가 지치면 물러가고
물러가서는 견딜 수 없어,
또다시 덤벼드는 탐욕!

쉴 줄 모르는 그놈의 앙탈에
멀미 나게 쏟아진 먹빛 안개가

진주빛 포장을 깔아 놓은 채,

지새면 도망갈 한밤의 꿈이 차디차다

(무인 5월 12일)

『비판』, 1938.7

암야 暗夜

날이 밝으면
원수스런 아침이다.

해야!
빛 있는 온갖 것아!

낮이 나에게
매양 밤인 것처럼,

나에겐 밤마저
항상 가시밭이다.

무엇 하나
찾아보지 못한 채,

소리 하나
들어 보지 못한 채,

흐르지 않는
때의 바퀴다.

갈래갈래 찢어진
생각의 깃폭이다.

제 코도 못 보는
얄궂은 눈알이다.

제 소리도 못 가리는
무딘 귀청이다.

제 뜻도 못 쏟는
벙어리 혓바닥이다.

눈을
떠도,

다시
감아도,

밤은

언제나 밤.

고개를
들어도,

다시
숙여도,

눈앞은
언제나 캄캄.

밤대로 어두운 밤.
낮대로 어두운 낮.

오오!
밤·낮·낮·밤.

파고들면
파고들수록,

어둠은
겹겹으로 두터워,

밤·어둠·낮·어둠.
낮·어둠·밤·어둠.

가라앉힌 채,
말라붙은 채,

흐를 줄 모르는
검푸른 장막.

엉클어진 채,
뭉크러진 채,

풀어볼 수 없는
안타까운 꿈자리.

멀미 나는 대로,
괴로운 대로,

질질 끌려만 가는
썩은 몸뚱어리.

천 겹,
만 겹,

겹겹이 뒤덥힌 그 속에
끝 모를 어둠을 안고,

가로,
세로,

엉클어진
꿈자리 속에

끌려가는 허수아비가
송장처럼 자빠질 때,

단 하나
등불조차 없고,

그윽한 새끼별 하나
찾아볼 수 없고,

주저앉기 싫어,

꼽추 되기 원통해,

억지를 쓰고
밀쳐도 봤고,

풀어 보고파,
엉클어진 올가미를,

사지를 뒤틀어
몸부림도 쳐 봤다.

쭈루루………
피 먹은 독사처럼,

아무렇게나
달아나고 싶고,

깡!
미친 개마냥,

무엇이든지
물어뜯고 싶다.

무엇 하나
바랄 것 없고,

누구 하나
믿을 수 없는 마음아,

술처럼
어둠을 들이키고,

주정꾼처럼
취하는 살림아!

빛을 탐하다
지쳐 버린 마음이,

무엇 때문에, 무엇 때문에
두더지를 부러워 하느냐고,

벗아!
묻지를 마라.

행여
묻지를 마라.

묻지 않는 것이
괴로움인 것처럼,

묻는 것도 나에겐
더 큰 괴로움이란다.

손짓도 말게!
건드리지도 말게!

어둠의 길섶엔
그것들이 소용없으니 ─.

처음으로 들어가 보는
길다란 굴 구멍처럼,

발길 닿는 대로, 나는
더듬어 가마! 더듬어 가마!

등불도

싫다!

바람 불면
꺼질 것이니 —.

쇠指南針도
일 없다!

사방四方이 죄-다아
캄캄한 그믐밤이니 —.

어둠은 언제까지도
어둠이라기에,

단지, 몸뚱이를 휘감은
그것이 싫기에

왕개미 쏜
모래언덕 송충이처럼,

비-비-
뒤틀고 싶고,

총알 맞은
노루 새끼마냥,

껑중!
뛰고 싶다.

오오,
어둠·어둠·어둠⋯⋯

벗아! 어둠은 내게 주어진
또 하나 거룩한 선물이다.

— 편지 대신 벗·A에게

무인, 8월 —

『비판』, 1938.10

심장心臟 벌레 먹다

풀어진 몸뚱어리가
뱀처럼 늘어진 밤
텅-ㅇ 비인 내 넋에
혹이 돋다!

달빛마저 창에 푸른데
하염없는 사랑이매,
말라붙은 가슴이로다.

생각 못 뵈어,
꿈 못 살려 눈앞은
항상 항상 그믐밤이요.

뼈 속까지 멍든 삶에
내 심장 밤마다 벌레 먹노니.

가슴속에 곱단 생각아!
마음속의 귀한 꿈아!

차라리 차라리 돌이 되라.

『조선문학』, 1939.1

선언宣言

꿈처럼 흘러간 세월의 무덤 속에
새해여! 죽어 넘어지는 네 시체를
얼마나 많이 파묻고 울었더냐?

멀미 나는 어둠의 밑바닥에 밑바닥에
수없는 날과 밤이 하품하며 쓰러질 때,
새해여! 자랑스런 너의 이름도
한낱 싸 — 늘한 "미 — 라"이었음을 나는 안다.

때의 수레에 휘감긴 끈끈한 슬픔이
꿈속에 깃을 치고 새끼를 깔 때,
새해여! 그윽한 네 소리에 귀가 울고
희망은 도깨비불처럼 파 — 랗게 타올라도,

죄 없는 넋이 믿음을 놓치고
하늘을 찾다 땅에 거꾸러지면,
새해여! 알뜰한 네 몸뚱어리는
이름도 모를 병에 멍들어 죽노니,

또다시, 네가 오동 마차를 타고
덧없는 세월의 무덤으로 가려거든,
새해여! 보람 없이 오지를 마라.
뒷걸음을 치며 차라리 물러가라.

『동아일보』, 1939.2.3

야수夜獸

야행열차夜行列車

어둠으로 온몸을 덮은 지역.

라이트는 그믐밤 호랭이 눈깔처럼 번쩍인다.

끝 모르게 뻗친 두 줄기 평행선의 백광

기적은 황소마냥 어둠을 쪼갠다.

피스톤이 젓는 끊임없는 손길에

골내며 욕하며 달아나는 바퀴와 바퀴……

오오 불붙는 심장을 안고

앞으로 앞으로만 달리는 강철의 야수.

『시학』, 1939.3

돌산

번개 발밑에서 해바라기처럼 빛나고
우레 허공에 화약처럼 터져 나갈 때,

물고기마냥 바위의 품 안을 더듬어
맨 꼭대기 멧부리 위에 두발 세우니,

햇빛 산허리에 끊겨 바람 뺨에 찬데
땅의 숨소리 멀어 들리지 않고,

때가 파먹고 간 크고 작은 바윗 그늘에
번개와 바람만 둘이서 이야기한다.

　　……와지끈, 뚝, 딱……
　　……뚝, 딱, 와지끈……

비바람이 긁어먹은 바위의 병풍 밑,
눈 아플 듯 치솟은 늙은 잣나무가지다.

산 그 서슬에 이름 모를 짐승되어
주린 사자처럼 소리치며 내어달리고,

두려움에 떠는 가슴 머리칼과 함께
별이 떨어져 돌이 되는 골짜기로 달리다.

『동아일보』, 1939.7.2

해소음 海嘯音

흰 모래밭 위에 활개 펴고 누우면
연달아 나의 이름을 부르는 소리

조개꺼풀과 고기 뼈다귀의 넋이뇨
피를 토하고 죽은 해당화의 넋이뇨

『조광』, 1940.8

우러러 받들 나의 하늘

어두운 골목길을 바람처럼 더듬어 갈 양이면
꽃다발 대신 가슴에 지닌 슬픔이 고개를 든다
뒷간과 방과 부엌과 쓰레기통과 개천이
형제마냥 가치 있는 골목골목을 벗어나면
바람이 옷자락을 물어뜯는 거리가 있다
숨도 죽은 밤거리 저-편 어둠 속에
큰 짐승의 눈깔처럼 끔벅이는 등불 등불
등불이 켜진 곳마다 길은 있는데 큰길도 있는데
이것도 저것도 도깨비불인 양 모두 어지러워
나의 넋이 밟고 갈 길은 하나도 보이지 않는다
참지 못해 별을 보면 어금니가 저리게 아프고
또한 못 참아 달을 보면 억새밭처럼 가슴만 서걱인다
(어머니! 우러러 받들 나의 하늘은 없습니까?)

『인문평론』, 1940.11

세월 歲月

물처럼 흘려보냈노라
구름처럼 띄워 보냈노라

서른 해의 나의 세월!

멀미 나는 어둠 속에서
지리한 밤이 지새어 가고

젖빛 새벽이 뽀-얀 제 품 안에
불꽃 햇살을 안고 올 때마다

항상 나는 피보다도 붉은 마음으로
소리 높여 외쳤노라 자랑했노라

이 하늘 밑에 태어난 슬픔을!
이 하늘 밑에 태어난 기쁨을!

『매일신보』, 1940.12.21

손금

실금이 어지러이 그려 놓은
회한의 지도!
인印 쳐진 운명을 몰라
나는 슬퍼라

『매일신보』, 1940.12.23

창^窓

한낮의 서러움에 저린 시름이

동쪽 창문을 열어제끼면

마음은 생각의 나막신을 신고

동백꽃 희게 희게 피는 옛 마을로 간다

『매일신보』, 1940.12.23

해풍도 海風圖

바람이 와서
왈칵! 물결이
바위를 깨물고,
소리치며 일어났다
다시 거꾸러진다.

멀리
조그만 윤선輪船이
하-얗게, 입김을
뿜으면서 가고,

마음 괜-히 서글퍼
어미 여인 노새마냥
께께 울고만 싶은데,

고기 배때기처럼
하늘 빛나고,
쏴- 하는 소리는

바람 대신 물결이다.

『조광』, 1941.1

밤차^車

다만 두 줄기 무쇠 길을 밟으며
검은 밤의 앙가슴을 뚫고
지금 나는 들을 달리고 있다

나의 품 안에 얹혀 가는 가지가지 사람들
남에서 북에서 오고 가는 사람들
— 누가 좋아서만 가고 온다더냐?

양초마냥 야위어 돌아오는 가시내
술 취한 마음으로 집을 나선 사내
■■ 대체 그게 모두 어쨌단 말이냐?

나는 모른다 캄캄한 나의 앞길에
무엇이 기다리는지 누가 쓰러져 있는지
수없이 많은 나의 발길의 망설임!

나에겐 비바람 눈보라의 밤낮이 따로 없다
먹구렁이 같은 몸뚱이를 뒤틀며 뒤틀며 나는

달려야 한다 논과 밭 내와 언덕 산과 굴속……

『문장』, 1941.3

구름

무지개가 아니었다
마구 흩어 놓은 비늘구름이었다

×

웃는 아가의 입술처럼
모란꽃 곱게 핀 해 질 무렵

×

호졸곤히 지친 여름의 앙가슴에
금빛 구름의 꽃다발 꽃다발

『매일신보』, 1941.4.27

밤길

담을 끼고 돌아가면
하늘엔 흰 달
마을은 어둠에 젖어
그림자 같은 초가 들창엔
왜감빛 등불이 켜지고
밤안개 속 버드나무 수풀
그 사이로 빛나는 웅덩이
어디선지 염소 우는 소리
또 물 흘러가는 소리
달빛은 나의 두 어깨 위에
물처럼 넘쳐 흘렀다

『매일신보』, 1941.5.1

박쥐

옛집 낡은 기둥
나날이 파먹은 낡은 기둥엔
벌통이 「입춘대길」과 함께 붙어 있고
밤이면 가-끔
불빛 따라 오는 곳 모르게
오는 곳 모르게 박쥐가 날아든다
햇빛을 못 봐 낮은
나뭇그늘 처마 끝에 장님처럼
죽은 듯 만 듯 엎드렸다가
밤 되면 어둠을 타고
어둠을 타고 일어나는 버릇이
별빛마저 넘보는 음한 꿈을 빚는다

『매일신보』, 1941.5.6

별이 흐르는 밤

발길 따라 옮기는 마음이
잔디 위에 활개 펴고 누우면

다만 나와 물소리뿐
자는 듯 고요한 하늘엔
먹빛 바탕에 금빛 떼별

별이 하나 소리 없이 흘러
화살처럼 흘러 사라졌다

검고 깊은 어둠의 장막 속으로
나의 가슴에 피는 불꽃처럼

『매일신보』, 1941.8.5

가을 서리

소리 있서 귀 기울이면
바람에 가을이 묻어오는 소리

바람이 심한 밤이면
지는 잎 창에 와 울고

다시 가만히 귀 모으면
가까이 들리는 머언 신발 소리

낮이래서 게처럼 엎드려 살고
밤이래서 단잠 설치는 버릇

나의 밤에도 가을은 깃들어
비인 마을에 찬 서리 내린다

『매일신보』, 1941.11.5

밤

수선스럽게 잎이 지는 밤

바시시 창을 열면 어둠 속에

바람처럼 와서 기다리는 사람

『매일신보』, 1941.11.5

교외郊外

바람 소리 하도 울면
풀잎 덩달아 손을 저어

발 밑에서 푸두두 까투리 날고
도마뱀이 꼬리 쳐 달아나는 곳

흰 들국화 향기로운 양지에
외로운 그의 무덤은 잠잔다

『매일신보』, 1941.11.10

여로旅路

풀피리 불며 불며
비탈길 너머 보리밭
머릿길로 머릿길로 접어들면
마음 흙내 먹고 함뿍 취해

아지랑이 저-쪽에 흰 길
길 건너 숲에 참새 떼 지지재
슬며시 내리는 노을 속에
냇물 흘러 푸른 띠
나무다리 우엔 스연한 발자국
벌써, 빠르게 밟을사 건너면
작은 마을 어귀 비인 주막
컹컹 짖어 맞는 강아지……

자국마다 조약돌 밟히도록
어둠에 싸여 어둠 속으로 가도
머얼고 아득한 나의 길

『조광』, 1942.3

땅

혁명투사革命鬪士에게

하늘은 비록 하루아침에
그믐밤처럼 빛을 바꿀지라도
땅은 항상 어머니 마음씨여라

때 잃고 허둥대는 마음이
어머니의 품 저버리고
매몰히 떠나 갈지라도
어젯날 남긴 발자국은
그 땅 위에 길이 남아지고

어느 때 어느 곳에
돌아올 날이 있어
비단옷 입고
헌 옷 감고
반드시 한 번은 돌아오는 곳

아아 어머니의 품속 이 땅이여!
예나 이제나 다름없게

반겨 안아 주는 것
저린 가슴이여!
쓰린 상처여!
기쁨이여!
사랑이여!

정말 나는 미치겠노라
기뻐서 미치겠노라

오오 영원한 시간 속에
그는 무엇 위해
참되게 살았는가
값있게 싸웠는가
다만 그것이 그것만이
오로지 그것만이 알고 싶어라.

(시월·스무날)

『신문예』, 1945.12

오빠

오빠의 무덤에서 누이의 부른 노래

오빠!
강도 왜놈은 — 당신의 뜻대로
강도 왜놈은 기어코 망했습니다
호기 있게 하늘에 펄럭이던
"일장기"도 시궁에 떨어졌습니다
(— 거짓말 같은 참말이지요?)

오빠!
우리의 수많은 겨레 앗아간
무거운 쇠사슬도 눈 녹 듯 풀어졌습니다
종로 네거리 잠자던 잉경 놀란 양 울고
거리에 들에 산에 바다에 끝없는 아우성ㅅ소리……
만나는 사람 사람의 얼굴마다
홍역꽃처럼 번지는 웃음의 꽃밭이외다
(— 거짓말 같은 참말이지요?)

오빠!
이날이 올 것을 꼭 믿고

초개 같이 목숨 바치신 오빠
오빠는 장하외다 참으로 장하외다
두 눈에 눈물의 진주 구슬
떨리는 손길 고이 바치는 이 술잔을 받으소서!
오빠의 넋은 이 하늘 아래 길이 빛나리다

오빠!
지금 또 하나 큰일이 남았습니다
왜놈은 갔으나 왜놈의 넋을 물려받은 무리들
그들과 싸워 이겨야 하겠습니다
참된 겨레의 이름 빛나는 그 이름으로써
민족 계급 세계의 참된 평화의 이름으로써
싸우리다 목숨이 다할 때까지 싸워 이기리다

『신문학』, 1946.6

바람ㅅ소리 들으며

등ㅅ불 끄고
바람ㅅ소리 들으며
고이 잠들자

눈 감으면 더욱 가까워
내 이 한밤
잠들지 못하노라

가까웠다 머얼어지는
지나는 사람들의 발자취…

나그네 아닌 사람이
어디 있더냐

별이 수없이 떨어지면
달은 떠오리라
눈도 코도 잠든 나의 창에

『신문예』, 1946.7

무덤 앞에서

육신묘六臣墓

무너진 붉은 비탈 언덕
우거진 풀섶 헤쳐 들어가니
비석마저 반이나 파묻힌 무덤들
비석은 글자조차 흐리어 보이지 않누나

무덤 앞에 말 없이 서서
두 손길 고이 모아 잡고
옛일을 마음하니 가슴 쓰리고 저리어
눈물이 더운 눈물이 사뭇 신을 적시누나

오오! 거룩한 넋이여
단쇠로 배꼽을 쑤시고
칼로 팔다리를 잘려도
옳은 것 위해 목숨 바친 겨레의 자랑아 —

오백 년 슬픈 세월 속에
상기 그대들의 넋이 살았거든
지치고 기진한 이 겨레에게

크고 큰 힘을 베푸사

조국의 깃발 아래 노래 부르게 해주소서!

『경향신문』, 1948.9.5

시집 미수록 시 원문 찾기

	제목	출처
1	넷 성(城)터에서	『비판(批判)』, 1931.11
2	황야(荒野)에 움돋는 새싹들	『비판(批判)』, 1932.8
3	아침	『비판(批判)』, 1932.9
4	폭풍우(暴風雨)를 기다리는마음	『비판(批判)』, 1932.11
5	가을바람 불어올때	『비판(批判)』, 1932.12
6	겨울밤	『조선일보(朝鮮日報)』, 1933.1.3
7	두 주먹	『조선중앙일보(朝鮮中央日報)』, 1936.3.4
8	한 덩이 마늘	『시건설(詩建設)』, 1936.11.1
9	사행시초(四行詩抄)	『맥(貘)』, 1938.12
10	파도(波濤)	『비판(批判)』, 1938.7
11	음야(暗夜)	『비판(批判)』, 1938.10
12	심장(心臟) 벌레 먹다	『조선문학(朝鮮文學)』, 1939.1
13	선언(宣言)	『동아일보(東亞日報)』, 1939.2.3
14	야수(夜獸)	『시학(詩學)』, 1939.3
15	돌산	『동아일보(東亞日報)』, 1939.7.2
16	해소음(海嘯音)	『조광(朝光)』, 1940.8
17	우러러 받들 나의 하늘	『인문평론(人文評論)』, 1940.11
18	세월(歲月)	『매일신보(每日新報)』, 1940.12.21
19	손금	『매일신보(每日新報)』, 1940.12.23
20	창(窓)	『매일신보(每日新報)』, 1940.12.23
21	해풍도(海風圖)	『조광(朝光)』, 1941.1
22	밤 차(車)	『문장(文章)』, 1941.3
23	구름	『매일신보(每日新報)』, 1941.4.27
24	밤길	『매일신보(每日新報)』, 1941.5.1
25	박쥐	『매일신보(每日新報)』, 1941.5.6
26	별이 흐르는 밤	『매일신보(每日新報)』, 1941.8.5
27	가을서리	『매일신보(每日新報)』, 1941.11.5
28	밤	『매일신보(每日新報)』, 1941.11.5
29	교외(郊外)	『매일신보(每日新報)』, 1941.11.10
30	여로(旅路)	『조광(朝光)』, 1942.3
31	땅	『신문예(新文藝)』, 1945.12
32	오빠	『신문학(新文學)』, 1946.6
33	바람ㅅ소리 들으며	『신문예(新文藝)』, 1946.7
34	무덤 앞에서	『경향신문(京鄕新聞)』, 1948.9.5

해설

박주택

윤곤강의 시 세계[1]

　윤곤강尹崑崗, 1911~1950은 충남 서산에서 부농의 아들로 출생하여 보성고보를 졸업한 뒤 일본 센슈대학專修大學에 입학하여 수학한다. 윤곤강은 그의 나이 20세에 『비판批判』지에 「넷 성城터에서」1931.11를 발표하며 문단에 등장한다. 이는 그가 일본의 센슈대학에 입학한 뒤의 일이다. 「넷 성城터에서」는 '북한산고성지北漢山古城趾'라는 부제가 붙어 있는데 '총소리'와 '자동차'로 뒤바뀐 세상을 비통하게 노래하며 조선朝鮮과 조선인朝鮮人의 민족 의식을 고취하고 있다. 윤곤강의 민족 의식은 성城이라는 공간성[2]에 궁宮으로 대표되는 왕조王朝의 폐허에 역사적·신화적 의미를 구현함으로써 망국의 비애를 탄식한다. 이와 같은 민족 의식은 춘원春園의 민족혼이나 육당六堂의 조선 의식이라는 관념적 민족 의식이 아니었으며 「국민문학파」가 주창했던 전통적 민족주의와도 다른 저항과 투

1　본 해설은 박주택, 「윤곤강 시의 변모 양상」, 『윤곤강 문학연구』, 국학자료원, 2022, 25~56쪽을 확장·심화하여 기술되었다.

2　공간은 고정된 것이 아니라 사회의 여러 조건 속에서 탄생하고 죽음을 맞이한다. 인간은 이 공간을 통해 자신의 정체성을 확보하고 존재를 확인한다. 또한 공간은 영토·국가·지역 등과 같이 경계를 구획 짓고 그 안에서 다른 공간과 소통하며 영역성을 갖는다. 사회적 관계의 변화와 역사적 과정으로서의 영역성은 소속감과 폐쇄성, 확장성과 개방성을 동시에 지닌다. 국가가 민족주의와 국가주의 혹은 세계화의 태도를 보이는 것도 경계가 주는 공간의 사회적 구성에 기초하며, 지역·역사·정치와 권력과의 관계 속에서 그 위상적 질서를 부여하여 각각의 욕망 층위를 형성한다.

쟁의 의미를 지녔다. 무엇보다 그의 의식은 조선이라는 공간을 실체적으로 파악하여 '현실'과 '이상'을 분리하여 생각하지 않고 '현실'을 정면으로 바라보는 속에서 '이상'을 실현하고자 하는 통일된 전체성을 추구한다. 이런 의미에서 윤곤강에게 있어 '현실'은 극복 가능한 전망을 잠복시키고 있는 세계이다. 다음과 같은 말은 이와 같은 사유를 직접적으로 대변한다.

> 오직 우리의 신뢰信賴할 유일唯一의 길은 현실現實뿐이다. 우리의 일체의 존재存在는 현실現實 속에 있다. 현실現實을 떠나서 어느 곳에 존재存在의 의의意義가 있느냐! 하염없는 과거過去의 추모追慕에 우는 대신에 믿을 수 없는 미래未來의 동경憧憬에 번뇌煩惱하는 대신에 현실現實에 살고 현실現實에 생장生長하자. 현실現實에 사는 것은 일체一切의 개념槪念을 버리는 것이다.[3]

이와 같은 발언은 윤곤강의 현실에 대한 인식을 드러낸다. 현실을 떠나서는 존재의 의의가 없다는 말이 당위적으로 들릴 수도 있겠지만 이 말이 의미하는 바는 임화林和가 기반하고 있던 유물론적 세계관의 사적史的 토대에 닿는 것이었다. 말하자면 인간적-사회적-역사적 '현실'은 서로 분리되는 것이 아니라 공통의 사실로서 이는 미래의 '이상'으로 나아가기 위한 기초인 것이다. 주지

---

3   윤곤강, 송기한·김현정 편, 「시(詩)와 현실(現實)」, 『윤곤강 전집』 2, 도서출판 다운샘, 2005, 165쪽.

하다시피 윤곤강은 1934년 그의 나이 23세에 카프KAPF에 가담하여 2차 카프 검거 사건에 연루되어 전북 경찰부로 송환되었다가 장수長水에서 5개월간 투옥된다. 이와 같은 전기적 사실에 비추어볼 때 윤곤강의 초기 시는 '현실' 또는 '현실 인식'과 관련한 것으로 파악된다. 첫 시집 『대지大地』1937를 고려할 때는 더욱 그렇다. 그러나 윤곤강의 현실 인식을 분명하게 보여주고 있는 초기 작품인 「황야荒野에 움돋는 새싹들」『비판』, 1932.6과 「아츰」『비판』, 1932.9, 「폭풍우暴風雨를 기다리는 마음」『비판』, 1932.11, 「눈보라치는 밤」『중앙』, 1934.3 등의 시는 등단작인 「넷 성城터에서」와 마찬가지로 첫 시집인 『대지大地』에 수록되어 있지 않다. 이는 일제의 통치가 군국주의 체제로 강화되면서 시의 미적 의식에 대한 자의식과 더불어 의도적으로 누락시킨 것으로 보인다.

두 번째 시집인 『만가輓歌』1938 는 첫 시집 『대지大地』와 다르게 서정적 내면의 세계로 옮아간다. 물론 『대지大地』에 실린 많은 시도 내면 서정에 바탕을 두고 있지만 『만가輓歌』는 제목이 상기하는 것처럼 죽음 의식이 주를 이루며 비애·울분·슬픔 등이 정조를 이룬다. 이어 출간한 『동물시집動物詩集』1939은 동물을 주 테마로 삼고 있다는 점에서 근대시사에서 이례적인 시집이라 할 수 있다. 일종의 우화寓話라고 볼 수도 있으나 동물을 통해 내면성을 드러내고 있다는 점에서 이 시집 역시 서정이 토대를 이루고 있다. 『빙화氷華』1940는 현실의 고통과 그 극복의 여정을 여실하게 드러내고 있다는 점에서 서정으로서의 시적 세계를 드러낸다. 이어 해방 후 출간한 『피리』1948와 『살어리』1948는 고전시가古典詩歌를 인유하고 있다는 공통성을 지닌다.[4]

1. 『대지大地』의 겨울과 생명 의식

잘 알려지다시피 윤곤강은 근대문학사에서 시집을 가장 많이 발간한 시인 중의 한 사람이다. 그는 1931년부터 1950년 그가 죽기 전까지 꾸준하게 시를 써 왔으며 그 과정에서 다채롭게 시적 세계를 구축해 왔다. 『낭만浪漫』, 『시학詩學』, 『자오선子午線』등의 시 전문지 동인으로 활동하며 문학적 역량을 발휘했는가 하면 비평과 평론에도 활발하게 활동하여 「반종교문학反宗敎文學의 기본적문제基本的問題」 『신계단(新階段)』, 1933, 『현대시평론現代詩評論』 『조선일보(朝鮮日報)』, 1933.9.26~10.3, 「시적창조詩的創造에 관關한 시감時感」 『문학창조(文學創造)』, 1934, 「문학文學과 현실성現實性」 『비판(批判)』, 1936, 「임화론林和論」 『풍림(風林)』,

---

4   윤곤강의 6권의 시집은 해방(1945)을 기점으로 나눈다면 『대지(大地)』(1937), 『만가(輓歌)』(1938), 『동물시집(動物詩集)』(1939), 『빙화(氷華)』(1940)는 전기에, 『피리』(1948)와 『살어리』(1948)는 후기에 속할 것이다. 그러나 이는 시집의 형식이나 내용 그리고 동시대적 사조의 흐름을 고려하지 않는 편의적인 구분이라는 인상이 짙다. 시기의 구분은 작품의 내용과 형식, 발간 시기와 경향 등을 총체적으로 고려하여 나누는 것이 온당하다. 이에 본고는 카프 경향을 보여 준 『대지(大地)』(1937)를 1기로, 서정의 내면을 순도 높게 보여 주고 있는 『만가(輓歌)』(1938), 『동물시집(動物詩集)』(1939), 『빙화(氷華)』(1940)를 2기로, 해방 후에 발간된 『피리』(1948), 『살어리』(1948)가 전통과 창조라는 공통점을 보여주고 있다는 점에서 3기로 구분하고 이 질서에 따랐다.

1937 등을 발표하며 시론집『시詩와 진실眞實』1948을 펴내기도 하였다. 특히「현대시평론」에서 윤곤강은 카프에 대해 맹렬한 반성을 촉구하고 있는데 여기서 그는 카프가 '빈곤貧困'에 빠진 것은 1931년 9월에 불어닥친 카프 맹원들에 대한 검거로 박영희, 임화, 이기영, 송영, 안막, 권환, 김기진, 김남천 등이 구금되어 조직이 와해되는 요인을 지적한 뒤 카프가 맑스주의 원칙을 따르지 않아 "정체停滯의 비애悲哀에 허덕거리고" 있다고 지적한다. 그런가 하면「전통傳統과 창조創造」『인민』, 1946에서는 "전통傳統이란 과거過去의 한 현상現象이 아니라 미래未來까지를 내포內包하고 좌우左右하는 힘이며, 전통傳統을 전제前提로 하지 않고 혁신革新을 생각할 수 없다"라며 이제까지 없었던 것을 만들어내는 혁신革新은 '전통傳統'과의 교신 속에서 "창조創造에 육박肉迫"한다고 강조한다.

이처럼 윤곤강은 시사詩史의 움직임을 폭넓게 바라보며 자신의 시적 세계와 문학의 흐름을 바로잡으려 했다. 특히 윤곤강은「쏘시알리스틱 · 리알리슴론論」『신동아』, 1934이라는 매우 긴 글을 발표하는데 그는 여기서 프로문학의 방향성이 '혼선混線'을 빚고 있다며 '창작기술 문제와 수법 문제'에 매달리지 말고 이론의 발생적 · 역사적 조건의 구명究明과 정당한 이해가 필요하다고 역설한다. 그러면서 "푸로작가作家는 개인個人의 심리분석心理分析을 성격性格의 자기만족적自己滿足的인 발전發展 위에서가 아니라 사회적社會的 환경의 영향 하影響 下에 형성形成되며 발전發展되는 인간人間의 내적 본질內的 本質의 지시指示 우에 기초基礎를 잡지 않으면 안된다"고 강조하며 도식주의를 버리고 인간의 내부와 시대를 통일시켜야 한다고 주장한다.

윤곤강이 제기하고 있는 리얼리즘이라는 용어가 우리 근대문학사에서 쓰이기 시작한 것은 1907년 무렵부터이고 그 개념이 소개되기 시작한 것은 2~3년 후의 일이다. 그리고 사조思潮로서의 리얼리즘이 본격적으로 논의된 것은 1915년 무렵부터이다.[5] 윤곤강이 「쏘시알리스틱·리얼리슴론論」을 소개하고 그 이론적 전개와 표현에 대해 언급하고 있는 것은 윤곤강 자신이 인용하고 있는 그라드콥호의 주장대로 "작가作家는 그 창작적 의도創作的 意圖에 있어 항상 전형적 정세典型的 情勢로부터, 어떤 시대時代의 사회관계社會關係의 전 체계全 體係로부터 출발出發하는 것"이라며 카프의 당면한 문제를 지적하는 것은 '정세情勢'를 정확하게 이해하고 '시대時代' 그 자체를 과학적으로 인식 하는 것을 요구한 것이었다. 우리 근대문학사의 리얼리즘 논의가 자연주의적自然主義的 리얼리즘1915~1922, 비판적批判的 리얼리즘1922~1927.8, 변증법적辨證法的 리얼리즘1927.8~1933, 사회주의적社會主義的 리얼리즘1933~1940 등으로 변모해왔을[6] 때 윤곤강의 이 같은 '쏘시알리틱·리얼리즘'사회주의적 리얼리즘에 대한 논의는 카프의 각성을 촉구하며 변화를 모색하자는 것이었다.

그러나, 카프가 이미 해산될 위기에 처해 있는 상황에서 윤곤강의 이 같은 발언은 스탈린 체제 하에서만 가능한 것이 아닌가

5   장사선, 『한국리얼리즘문학론』, 새문사, 2001, 199쪽.
6   위의 책, 199쪽.

하는 회의가 드는 것도 사실이지만 조선문학이 처해 있는 문학 상황을 타개하기 위해 김남천이 「고발문학론」을 주장하거나 백철이 「종합문학론」 등을 들고 나온 것은 윤곤강이 지적하고 있는 바 카프의 이론과 창작, 문학의 세계관과 구체화 문제 등 새로운 문학으로서의 개진을 추동해 온 것이었다. 윤곤강의 카프에 대한 발언은 원칙과 노선에 입론한 것이지만 당시의 시대 조건을 고려한다면 상당히 진보적인 문학관이었다. 첫 시집 『대지大地』1937에는 이 같은 신념이 담겨 있다. 다만 『대지大地』에 윤곤강이 발표했던 카프 경향의 작품이 미수록되어 있고[7] 김기림이 모더니즘 시론을 주장하며 주지주의를 시에 적용하려고 했던 것처럼 윤곤강역시 그의 입론이 시에 적용되었을 가능성을 염두에 둔다면 그전모全貌를 밝힐 수 없다는 아쉬움이 남는다. 『대지大地』에는 윤곤강이 입론하고 있는 세계관이나 구체적 실천 등이 반영되어 있지 않고 시의 대부분이 서정으로 주를 이루었기 때문이다.

『대지大地』는 생성하는 시간인 봄과 넓고 광활한 수평의 공간에서 생명을 기다리는 의지와 겨울의 혹독한 시련을 견디는 흔들림

---

7 영화와 비참을 실은 채 이 밤도 삼경을 지나 고요한 침묵의 바다에 배질한다. / 이 밤은 광명과 암흑을 명멸시키는 지상의 등대! / 하늘에는 새하얀 달빛조차 가리어지고 땅에는 밤의 병졸 등불조차 깜박거린다. / 바람이 불고 구름이 덮인다. 폭풍과 흑운을 지시하는 기상의 변화! / 금시에 무엇이 쏟아질 듯한 날씨! 골목골목에서 들리는 소리—. / 『이제야 ×××× ×××××!』 폭풍을 기다리는 환허幻虛한 마음속에 / 항상 쏟아질 듯하면서도 안 쏟아지는 그 빗발이 오늘에야 쏟아지려나 보다. / 오호 이 거리의 동무들이여 빨리 ××× ××× ×××. / 비 온 뒤의 개인 날빛이 그립거든 어서어서 ××××× ××× ×××! / 이 도회의 더러운 때를 씻어 줄 굵은 빗발을 맞이하기 위하여······.

없는 확신을 단호하고도 결의에 차 보여준다. 봄은 탄생과 생명이라는 신화적 의미를 거느린다. 윤곤강이 『대지大地』에서 겨울과 봄이라는 이원적 층위를 분위分位한 것은 프롤레타리아의 전망을 제시하는 것이기도 하겠지만 그것은 곧 국가의 회복을 염원한 것이었다. 이는 6권 시집의 곳곳에서 발견되는 것처럼 국가·민족·전통·창조의 문제는 그에게 매우 중요한 문제였다. 주지하듯 그간 윤곤강에 대한 평가는 「민족문학」과 「리얼리즘」 논의에서 소외되어 왔던 것이 사실이다. 이를 상기한다면 앞으로 윤곤강 문학을 검토함에 있어 이 같은 문제를 환기해야 할 것으로 기대한다.[8]

언덕 풀밭에는 노-란 싹이 돋아나고

나뭇가지마다 소담스런 이파리가 터져 나온다

쪼그라진 초가 추녀 끝에 창ㅅ처럼 꽂힌 고드름이

햇볕에 하나둘씩 녹아 떨어지던ㅅ날이 어제 같건만……

---

8   그러나 앞서 언급한 것처럼 『대지(大地)』에는 유물론적 변증법에 입각한 시편들이 미수록되어 있고 그나마 시집에 수록되어 있는 카프 경향의 시들은 계급 인식이 두드러지게 보이지 않는다. 『대지(大地)』에 수록되지 않은 윤곤강이 발표한 초기 시의 전모(全貌)를 살펴보지 않는다면 윤곤강의 초기 시 경향을 온전히 평가할 수 없다. 문학사적으로 『대지(大地)』가 출간될 무렵은 「시문학파」를 거쳐 김기림 류의 「모더니즘」이나 이상 류의 「아방가르드」가 주류를 형성하는 시기였다. 이와 같은 것을 고려할 때 미수록된 초기 시를 살펴보지 않고 『대지(大地)』에 수록된 시만으로 프로 문학의 성향을 지닌 시집으로 평가하고 있는 것에는 다소 회의적이다. 그 같은 경향의 시들이 많지 않을 뿐더러 계급적 요소들도 구체적으로 눈에 띄지 않기 때문이다. 22편이 실려 있는 『대지(大地)』에는 카프 경향의 시 몇 편과 두 번째 시집인 『만가(輓歌)』로 이어지는 서정적인 시가 대부분을 차지하고 있다.

악을 쓰며 달려드는 찬바람과 눈보라에 넋을 잃고

고달픈 새우잠을 자던 대지가

아마도 고드름 떨어지는 소리에 선잠을 깨었나 보다!

얼마나 우리는 고대하였던가?

병들어 누워 일어날 줄 모르고 새우잠만 자는 사랑스런 대지가

하루 바삐 잠을 깨어 부수수! 털고 일어나는 그날을!

흙내음새가 그립고,

굴속 같은 방구석에 웅크리고 앉았기는

오히려 광이를 잡고 주림을 참는 것만도 못하여 ―

지상의 온갖 것을 네 품 안에 모조리 걷어잡고

참을 수 없는 기쁨에 곤두러진 대지야!

『대지大地』 부분

　이 시에서『대지大地』는 겨울을 이기고 약동하는 봄을 기다리
는 것으로 그려지는데 이는 시집『대지大地』가 추구하는 전체적
맥락과도 무관하지 않다. 시집『대지大地』가 희망의 상상력으로
봄의 이미지를 추구하고 있는 것은 문학적으로도 첫 시집의 출
발을 의미하는 것이었지만 자신이 사는 곳을 코스모스의 공간
으로 인식하고 다른 세계를 혼돈의 공간으로 인식하는[9] 것은 윤

9　　미르체아 엘리아데, 이은봉 역,『성과 속』, 한길사, 1998, 61쪽.

곤강에게 있어서도 마찬가지이다. 국권을 빼앗긴 대지大地는 윤곤강에 있어 '다른 세계'이며 이 다른 세계는 '죽은 자들의 영靈'들이 사는 곳[10]이다. 공간은 거기에 정주定住함으로써 중심을 이룬다. 그랬을 때 대지大地는 강과 산의 집과 집들의 연결을 통해서 대지의 온전성을 이룬다. 그러나 식민지기의 빼앗긴 국토는 성스러운 공간이 아니다. 그곳은 악마와 유령이 출현하는 장소이다. 이 '다른 세계'에서 봄을 기다리는 것은 제례祭禮적 의미에서 '온전성'을 기다리는 신화적 의미를 갖는다. 말하자면 현재와는 다른 공간 속에서 질서를 이루며 '중심'을 회복하고자 하는 '낙원에의 향수'를 드러낸다. 신화는 태초에, 원초적 무시간적 순간, 신성한 시간에 일어났던 사건들을 이야기한다. 이 시간은 비신성화되고 불가역적인 시간과는 다르다.[11] 이렇듯 윤곤강이 처한 현실은 대지의 신성을 빼앗긴 '다른 세계의 장소'이다. 탄생-죽음-재탄생의 신화를 간직한 시 「대지大地」는 훼손되지 않은 삶의 희망과 약진을 노래하며 "어머니의 젖가슴같은 흙의 자애慈愛"를 지닌 "성장成長의 숨소리"「대지 2」를 간직하며 '다른 세계'의 재탄생의 의미를 표상한다.

30년대가 식민지 근대가 형성되는 시기이고 도시적 외관이 들어서고 있었을지라도 대지를 '자애慈愛'와 '숨소리'의 자연성自然性으로 인식하는 태도는 대지를 시원始原의 공간으로 인식하고 있다

---

10   위의 책, 61쪽.
11   미르체아 엘리아데, 이재실 역, 『이미지와 상징』, 까치, 1998, 67쪽.

는 뜻일 것이다.[12] 따라서 현재의 '대지'가 "병들어 누어 일어날 줄 모르고 새우잠만 자는" 존재가 "뼈저린 눈보라의 공세攻勢"에 "명태明太같이 말라붙"「갈망」은 존재일지라도 "언덕 풀밭에 노란싹이 돋아"나 "부수수! 털고 일어"나 '그날'「대지」, 「계절」이 온다는 것은 윤곤강에게 있어서는 자명한 일이다. '그날'은 말할 것도 없이 겨울의 혹독한 추위를 견디고 새 생명이 싹트는 탄생과 생명으로서의 국권 회복의 봄이다. 봄은 잃어버린 시간과 공간의 회복이며 고통과 시련을 견디는 제의적 중심 회복이다. '인고와 견인의 시'라고 할 수 있는 『대지大地』는 "몸을 태워 버리고라도 바꾸곺은 자유"「창공」를 갈망하며 "이를 악물"「동면」고 "핏줄이 끊어질 때까지"「대지」 부단한 '꿈의 신화'를 지속한다.

　　마당ㅅ가 벚나무 잎이 모조리 떨어지던 날
　　나는 눈앞까지 치민 겨울을 보고 악이 받쳐,
　　심술쟁이 바람을 마음의 어금니로 질겅질겅 씹어보다
　　나를 이곳에 꿇어앉힌 그 자식을 씹어보듯이…………

　　　　　　　　　　　　　　　　　　　　　　　「향수鄕愁 2」

12　도시는 윤곤강의 시집에 잘 나타나지 않는다. 이는 윤곤강이 경성과 일본에서 성장기를 보내며 기거하는 일상의 장소였음에도 불구하고 자연에 매여 있음은 그의 성정을 규정하는 것이라 하겠다. 자연의 집착은 "오! 아름답고 살진 자연(自然) / 무엇이 여기에 나타나 「삶」을 협박하겠느냐?"(「창공(蒼空)」)와 같은 곳에서도 나타난다.

이 시는 「향수鄕愁 3」, 「일기초日記抄」와 마찬가지로 시의 하단에 '장수일기長水日記'라는 부제가 붙어 있다. 이 시의 계절은 「대지大地」와 마찬가지로 겨울이다. 같은 제목의 「향수鄕愁 1」에서 "실창 밖 뺏나무잎이 나풀거리고 / 해ㅅ그림자 끔먹! 구름은 스르르! / 향수鄕愁는 내가슴을 어르만지노니 / 쪼그리고 앉어, 오늘도 北쪽 눌이나 치어다보자!"라며 고향을 그리워하는 심정을 드러내듯 윤곤강에게 있어 향수鄕愁는 집의 중심성을 표상한다. 집은 우주와 상응하며 세계의 중심이며 집과 대립을 이루는 '다른 세계'인[13] 감옥[14]은 집과의 단절 속에서 분노와 증오가 서려 있는 '죽음'을 향한 곳으로 이곳은 윤곤강이 처한 내면 공간이자 비신성의 공간으로 악마와 유령이 출현하는 곳이다. "나를 이곳에 꿀어앉힌 그 자식을 찝어보"는 이 카오스의 공간은 원초적인 낙원 공간의 회귀를 통해 재생을 꿈꾼다. 『대지大地』에서 '현실'을 재현하는 대부분의 시가 격앙에 차 있는 것도 "이곳에 꿀어앉힌 그자식을 찝어보"는 것과 같이 "달아나는 꿈자리"「향수3」가 있는 곳이기 때문이다. 이처럼 체험이 의식으로 전화轉化하는 감옥은 원체험적으로 지각에 의해 '다른 세계'를 인식하며 재탄생의 대지를 펼치고자 한다.

---

13   미르체아 엘리아데, 이재실 역, 앞의 책, 55쪽.
14   이것은 30년대 이후 일제가 군국주의 체제를 갖추면서 조선을 대륙 침략의 기지로 삼고자 하는 것에서 비롯하였다. 이는 천황제 폐지를 주장한 NAPF를 해체하는 것과도 맞물린다. 이로써 KAPF는 34년 7월 해체되기에 이른다. 윤곤강이 1934년 2월에 카프에 가입한 것으로 미루어 카프의 해체 시기와 맞물려 적극적으로 활동한 것이 아닌 것은 분명하다. 그렇지만 윤곤강에게 감옥 경험은 초기시를 형성하는 데 중요한 역할을 한다.

2. 『만가晚歌』, 『동물시집動物詩集』, 『빙화氷華』에서의 시 세계 변모

1) 『만가晚歌』의 '주체'와 죽음 의식

상여 노래라는 의미를 지닌 『만가晚歌』1938는 제목에서부터 죽음 의식으로 가득 차 있는 시집이다. 『대지大地』가 현재의 고통을 견디며 미래를 향하고 있다면 『만가晚歌』는 윤곤강 내면 주체의 기록이다. 이런 의미에서 『만가晚歌』는 '지금 여기'의 상황과 조건들을 노래하며 '기억과 기대'라는 심리적인 변주를 반복한다. 기억이 경험 안에서 시간과 매개하며 현재 의식을 구성하는 것에 반해 기대는 미래 시간 속에 자신의 상태나 성격들을 구축한다. 『만가晚歌』1938는 『대지大地』1937와 1년의 거리를 두고 출간했지만 『대지大地』와는 다른 시적 세계를 구성하며 '울음, 원통, 묘혈墓穴, 통곡, 유령幽靈, 묘지, 광란, 송장, 죽음, 망령亡靈, 눈물, 자살, 임종臨終' 등과 같은 '기억과 경험'의 무상無常한 죽음 의식을 노래한다. 고통-무상-죽음은 일반적인 의미에서 소비적인 시간에 속한다. 이 같은 의미에서 『대지大地』에서 보이던 봄의 희망이 '다른 세계'인 카오스의 세계로 전이되었다는 것은 그만큼 윤곤강의 희망과 기대가 좌절되었음을 뜻한다. 마치 『대지大地』와는 '다른 세계'를 의도적으로 보여주고자 하는 것처럼 죽음의 감정어들을 동원하여 주체의 주관성을 보여주고 있는 『만가晚歌』는 좌절에 대한 '애도哀悼 의식'과 함께 윤곤강의 내면에 도사리고 있는 감정의 뿌리를 살필 수 있게 해준다. 『만가輓歌』는 "'죽음'과 '애도'의 교환이라는 순환적 구조를 통해서 애도하는 주체로 인해 회복된 공간으로 상정될 수 있는"[15] 가능성을 마련하고 있다.

윤곤강은 끝까지 계급문학을 견지하고자 했다. 그러나 카프 해산 후 두어 해 뒤에 방향을 전환하는데 그 분기점이 된 것은 1937년 7월 3일 「조선일보」에 발표한 「암야暗夜」이며 『조광朝光』 1937.10에 「고독孤獨」, 「병病」, 「병실病室」 등을 발표하면서 명백해졌다.[16] 이는 이찬李燦이나 권환權煥도 비슷한 경로를 밟고는 있지만 윤곤강처럼 급격한 변화를 보인 것은 아니었다.[17] 임화林和 역시 카프가 해산된 뒤 정치적·사회적 이유로 위축된 경우가 있었지만 1935년 「다시 네거리에서」『조선중앙일보』, 1935.7와 같은 작품을 발표하면서 계급성을 배제하지는 않았다. 이를 상기한다면 윤곤강의 경우는 특이한 일이라 할 수 있다.

아하!

통곡하는 대지 ——

---

15   김웅기, 「윤곤강 시 연구」, 경희대 박사논문, 2022, 65쪽.
16   김용직, 『한국현대시사』 2, 한국문연, 1996, 206쪽.
17   이찬(李燦)은 1935년 4월 30일 자 『조선일보(朝鮮日報)』에 「양촌우음(陽村偶吟)」을 발표하고 이어 「귀향」이나 「국경일절(國境一節)」, 「북관천리(北關千里)」 등을 발표한다. 권환(權煥)은 1934년 6월 15일 『동아일보(東亞日報)』에 「간판(看板)」을 쓴 뒤 1938년 발표한 「전망(展望)」에는 계급적 이데올로기가 드러나지 않고 일제 말기에 나온 『윤리(倫理)』와 『결빙(結氷)』의 두 권의 시집은 예술성과 관계하는 것이었다. 그러나 권환은 윤곤강과 달리 순수시로 방향을 전환하기까지 5년이 걸린 것으로 이를 상기한다면 윤곤강의 180도 방향 전환은 아주 돌발적이며 아울러 급격하다(김용직, 위의 책, 207~208쪽 참조).

불꽃아!

광란아!

공소야!

곤두재주야!

주린 고양이처럼

지향 없이 싸대는 마음의 한복판에서

팡! 소리가 저절로 터져 나올 때,

기울이고 엿듣는 귀청은 찢어지거라!

그때 ————

대지의 한끝으로부터

나무가 거꾸러지고

집채가 뒤덮치고

온 땅덩이의 사개가 뒤틀릴 때,

미쳤든 마음은

기쁨의 들창을 열어제치고

하하하! 손벽 치며 웃어주리로다!

오오, 벌거숭이 같은 의욕아!

삶의 손아귀에서 낡은 질서를 빼앗고

낯선 광상곡을 읊어주는 네 마성을

나는 연인처럼 사랑한다.

「만가輓歌 3」 부분

『만가輓歌』는 『대지大地』에서 보이던 미래 의식이 비극적 인식으로 변모되는데 이는 자신이 처해 있는 환경 속에서 상실과 불화, 대립과 불안 속에서 파생되는 좌절 의식을 표현한 것으로 보인다. 즉 『대지大地』에서 보이던 '타자성'에 대한 집중과 관심이 『만가輓歌』에 와서는 자신의 '정체성'을 표현하는 욕망으로 옮아 갔음을 의미하는 것으로 이는 국가·민족 등과 같은 공동체적 이념이 개인·내면 등으로 그 사유가 이동하여 보다 '본유적인 주체'를 표현하는 데 집중했음을 뜻한다. 임화가 지식인으로서 현실의 문제에 문학적 책무를 다하려고 했던 것이나 김기림이 조선 / 일본, 조선 / 서구의 대립항을 통해 근대적 인식을 자각하고 현실을 통찰하고자 했던 것처럼 윤곤강 또한 '현실' 속에 내재한 본원本原으로 돌아가 정신의 본향을 마련하고자 내면의 무한성을 확장한 것으로 파악된다.

즉 『대지大地』에서 보이던 '타자성'에 대한 관심을 자신의 내면으로 방향을 돌려 대지의 회복에 대한 열망을 구현하고 있는 것으로 해석된다. 이 같은 이유로 『대지大地』의 생명에 대한 의식은 "통곡하는 대지大地"로 변하여 "대지大地의 한 끝으로"부터 "거꾸러지"고, "뒤덮치"고, "뒤틀린" 감정을 드러내며 "기쁨의 들창窓을 열어제치고 / 하하하! 손뼉치며 웃어주리로다!"라며 망국 국민으로서의 과잉된 자의식을 드러낸다.

이렇듯 「만가輓歌 3」은 고해성사를 하듯 내면의 분열을 드러낸다. 죽음을 불러내는 고복皐復 의식과도 같이 신성神性을 잃어버린 죽음과 대결하며 심층으로의 하강을 계속한다. 경험이 감각을 통해 감정을 드러내는 것이라 할 때 윤곤강은 심층의 하강을 통해 '다른 세계' 이전의 세계, 본원적인 무상無常, 기원으로서 마음의 저부低部에서 깔린 무한을 끌어올린다. 이는 "이 세상이 // 살었는지, / 죽었는지, / 그것조차, / 그것조차, / 알 수 없는 때"「때가 있다」에서처럼 그는 자신을 죽음의 제단 위에 놓고 있다.

그러나 이 죽음은 재생을 위한 힘으로 작용하지 않는다. "살았다죽지않고 살어있다!"「소시민철학」에서와 같이 "썩은 나무"「병실 2」나 "송장의 표정表情"「주문」인 절망만이 있을 뿐이다. 말하자면 『만가輓歌』에서 "낯선 광상곡狂想曲을 읊어주는 네 마성魔性을 / 나는 연인戀人처럼 사랑한다"라는 극단의 감정처럼 "검은옷을 입은 주검이, 미소微笑를 띠우"「사의 비밀」며 지나갈 때 "검은옷을 입은 밤"이 "어둠속에 죽"「O·SOLE·MIO」는 존재의 불가능성을 노래할 뿐이다. '태양'의 죽음과 "운명의 영구차靈柩車"「육체」를 탄 육체를 조상弔喪「조상」하는 죽음 의식은 대결의 좌절 끝에 오는 것으로 육체는 영혼의 창살이 되어 수다한 세계의 무덤을 만든다. 그러나 윤곤강의 시편이 그렇듯 죽음 의식이 어디에서 연유하는지는 나타나지 않는다. '죽어가는 자신과

마주하'「면경」고 '슬픔이 넋을씹어먹는 괴로움'「오열」을 드러내며 '주
체'의 슬픔만 드러낼 뿐이다.

2) 『동물시집動物詩集』의 공존하는 주체

『만가輓歌』는 시대의 절망과 감옥 경험 그리고 내면을 괴롭히
고 있는 '적'에 대한 증오와 분노로 죽음과 대결하며 고통받는
'주체'의 모습을 보여준다. 이처럼 『만가輓歌』가 '주체'를 가학하
고 있는 것에 반하여 『동물시집動物詩集』1939은 시적 대상인 동물에
의식을 고정함으로써 감각과 감정을 분리시킨 채 비교적 안정적
의식을 유지한다. 『동물시집動物詩集』은 동물을 제재로 한 권의 시
집으로 엮고 있다는 점에서 우리 시사에서 특이한 예를 보여준
다. 대상을 통해 사유를 드러내며 존재의 구체성을 인식하면서
주체-대상-주체의 경로를 따르고 있는 『동물시집動物詩集』은 동물
의 형상을 묘사하거나 속성을 묘파해내기보다는 동물에 자신을
가탁假托하여 대상과 교호交互한다. 따라서 『동물시집動物詩集』은 '대
상'타자보다는 사유 존재로서 '나'주체를 찾아가는 도정道程을 보인
다. 그러면서도 주체와 타자가 평등한 관계를 유지하면서 존재
성을 인식한다.

시詩에 있어서의 형식形式의 혁신革新이라는 것은 단순單純히 형식적形式的
인 혁신革新만이 아니라, 그것을 결과結果로서 가져오게 한 필수必須의 관념
觀念의 혁신革新에 의依한 것이다. 다시 말하면, 시詩의 진화進化란 형식形式에

그치는 외부적外部的인 것이 아니라, 실實로 시詩에 대對한 내부적內部的인 진화일측進化─卽『관념觀念』의 진화進化인 것이다.[18]

윤곤강이 시의 진화란 방법의 발견으로부터 수행된다며 훈련과 열정을 역설하며 '형식'의 혁신과 '관념'의 혁신을 논하고 있는 것은 가치를 문제 삼는 것이었다. 그의 제언처럼 형식과 관념을 새롭게 추구하는『동물시집動物詩集』은 나비, 벌, 달팽이, 왕거미, 매아미, 파리, 굼벵이, 털벌레 등과 같은 곤충들과 붕어와 같은 민물고기 그리고 고양이, 종달이, 낙타, 사슴, 원숭이, 비둘기, 황소, 박쥐, 염소, 당나귀, 쥐와 같은 동물들이 등장한다. 주변에 있는 이들은 '현실로서의 의미'를 상기시킨다.

채마밭 머리 들충나무 밑이다.
매해해– 염소가
게염을 떨고 울어대는 곳은,

늙지도 않았는데
수염을 달고 태어난 게 더욱 슬퍼,
매해해– 매해해– 염소는 운다.

「염소」

---

18   윤곤강, 「시(詩)의 진화(進化)」, 『동아일보』, 1939.7.

『동물시집動物詩集』은 일종의 알레고리 형식을 띤다. 알레고리는 겉으로 드러나는 표현 속에 대상에 대해 깊은 뜻을 감추고 있어 알레고리의 대상은 때때로 인격화되기도 한다. 그러나 지적知的인 해석을 요구하는 알레고리는 『동물시집動物詩集』에서 내면의 의미를 표현하는데 쓰인다. 「염소」가 "늙지도 않았는데 / 수염을 달고 태어난게 더욱 슬퍼 운다"라는 표현 속에는 인간은 태어날 때부터 수염을 달고 나오는 인간은 없다는 뜻을 내장한다. 우화寓話가 동물을 인격화시켜 풍자나 냉소와 같은 수사를 동원한다는 면에서 알레고리와 유사한 점이 있다고 할 때 '염소'는 윤곤강 내면과 동일성을 이루며 '천형天刑'과 '불구不具'의 이미지를 상기한다. 대상과 거리 조정에 의해 의미를 구성하는 이 형식은 대상이 단순히 고유한 본질이나 존재가 되는 것보다는 의식이 지향하는 바에 따라 다양한 내면과 상면할 수 있다는 강점을 지닌다.

장돌뱅이 김 첨지가 노는 날은
늙은 당나귀도 덩달아 쉬었다,
오늘도 새벽부터 비가 왔다,
쉬는 날이면, 당나귀는 더 배가 고팠다,
배가 고파 쓰러진 채, 당나귀는 꿈을 꿨다.

댓문이 있는 집, 마루판 마구에서
구수한 콩죽밥을 실컷 먹고,

안장은 금빛, 고삐는 비단

목에는 새로 만든 방울을 달고,

하늘로 훨훨 날라가는 꿈이었다.

「옛이야기」에서

「당나귀」

이 시에서 '당나귀'는 '주체'와의 거리를 통해 '주체'의 내면을
드러낸다. 여기서 '당나귀'는 실체로서의 특징이 깊이 있게 그려
지기보다는 「염소」와 마찬가지로 '주체'에 의해 동일화된 대상으
로 등장한다. 『동물시집動物詩集』1939의 이 같은 거리 조정은 『대지
大地』1937와 『만가輓歌』1938에 비해 안정적인 어조를 드러내며 『빙화
氷華』1940에 이르러 지속성을 유지한다. 물론 시가 항상恒常을 유지
하는 것이 아니라 단절과 반복을 계속하며 세계관을 구축하는 것
이라면 『동물시집動物詩集』은 윤곤강 내면의 휴식과 안정이라는 의
미와 함께 '현실'의 의미를 다른 방식으로 전하고자 하는 뜻을 지
닌다. 확대하여 해석한다면 '당나귀'의 훨훨 날아가는 꿈은 『대지
大地』에서 보이는 신생과 부활의 의미, 『만가輓歌』에서 보이는 죽음
의 제례 의식과 맞물려 국가·민족과 같은 공동체적 의미를 환기
한다. 결국 『동물시집動物詩集』은 체험과 지각이 '주체의 타자화' 내
지는 '타자의 주체화'가 되는 공존의 의미를 갖는 것이며 다양한
'경험들'이 어떻게 전신적全身的 '감각'과 관계를 맺는지 보여준다.

3)『빙화氷華』의 불멸과 자유

『빙화氷華』1940는『동물시집動物詩集』1939과 함께 내면의 서정을 보여주고 있다는 면에서 연속성을 지니면서 시집에 실린 24편의 시가 '지금 여기'를 심상하며 '벽壁, 분수噴水, 야경夜景, 언덕, 포플라, 시계時計, 청포도靑葡萄, 다방茶房, 폐원廢園, 차돌, 눈쌓인 밤, 백야白夜, 빙하氷河'등과 같은 구체적 표상물로 채워져 있다. 즉,『동물시집動物詩集』에서의 '동물 표상'이 '자연물'로 대치되었을 뿐 대상을 대하는 방식이나 표현은 크게 바뀌지를 않는다. '주체'는 안정감을 찾으면서도 "슬퍼함은 나의 버릇"「벽」이라고 토로하거나 "땅덩이가 바루 저승"「희망」이라는 고뇌는 멈추지 않는다. 윤곤강이 이 시집에서 담고자 하는 것은 의식의 구현체로서 개인의 역사이다. 그리고 이와 같은 고찰은 윤곤강의 시집 6권이 서로 유기체를 이루고 있다고 할 때 그의 의식은 전체적인 삶 속에서 살펴짐으로써 더욱 다채로울 수밖에 없다. 나아가 존재를 구현하는 시적 방식, 경험과 감각이 세계와 관계 맺는 방법 등 생성의 변화를 폭넓게 살필 때 윤곤강 시의 진정한 이해가 가능할 것이다.

> 터-ㅇ 빈 방 안에 누워
> 쪽거울을 본다
>
> 거울 속에 나타난
> 무서운 눈초리

코가 높아 양반이래도 소용없고
잎센처럼 이마가 넓대도 자랑일 게 없다

아름다운 꿈이 뭉그러지면
성가신 슬픔은 바위처럼 가슴을 덮고

등 뒤에는 항상 또 하나 다른 내가 있어
서슬이 시퍼런 눈초리로 나를 노려보고
하하하 코웃음 치며 비웃는 말—

한낱 버러지처럼 살다가 죽으라

「자화상自畵像」

　「자화상自畵像」은 자신과 정면으로 대결하고 있다는 의의를 지
닌다. 따라서 거울 속 '무서운 눈초리'는 거울과 상면하는 '주체'로
이 거울로 인해 '나'는 '나'이면서 '나'가 아닌 '나'를 비춘다. 분열된
'주체'를 자기 존재의 부정으로 삼고 있는 이 시는 불안과 내상內傷
을 시의 원천으로 삼아 "본질적으로 부정의 작용을 하는 의식은 그
자신 개념 속에 외타적 존재와의 관계를 내포함으로써 자기 의식
이 되는 것"[19] 처럼 '타자'인 거울 속의 '나'를 인식하고 그것을 의식

19　프리드리히 헤겔, 임석진 역, 『정신현상학』 2, 한길사, 2005, 729쪽.

의 실체로 삼는다. 윤곤강이 거 울과 대적하며 실체를 현재화顯在化
하는 것은 '거울'의 외타적 매개를 통해 자기 현현顯現의 가능성을
발견하고자 하는 데 있다.

　이는 자신과 '현실' 사이에서 멀어진 부정否定을 조화하고 균형
을 이루려는 '중심'에의 욕망에서 기인한다. 윤곤강이 개인의 존재
에 있어 부정을 되풀이하며 고통스러운 내면을 각인하는 것은 그
의 의식 속에 '생명과 죽음'이 순환하기 때문이다. 『피리』1948와 『살
어리』1948에까지 이어지는 이 고행은 "외롭게 슬픈 마음"「분수」으로
"호을로 어둠속에 서글피 웃는 밤"「야경」과 "부풀어오르는 하―얀
시름"「백야」을 변위變位시킬 때 신성한 자기 의식으로 현현顯現할 수
있는 까닭이다.

　　만약 내가 속절없이 죽어
　　어느 고요한 풀섶에 묻히면

　　말하지 못한 나의 기쁜 이야기는
　　숲에 사는 작은 새가 노래해주고

　　밤이면 눈물 어린 금빛 눈동자 별 떼가
　　지니고 간 나의 슬픈 이야기를 말해 주리라

　　그것을 나의 벗과 나의 원수는

어느 작은 산모롱이에서 들으리라

한 개 별의 넋을 받아 태어난 몸이니
나는 울지 말자 슬피 울지 말자

나의 명이 다-하여 내가 죽는 날
나는 별과 새에게 내 뜻을 심고 가리라

「별과 새에게」

전술한 바와 같이『빙화氷華』1940는『만가輓歌』1938에서 보이던
격정이『동물시집動物詩集』1939을 거치면서 자기 동일성을 유지하
려 한다는 점에서 균형을 지닌 시집이라고 할 수 있지만, 여전히
내상內傷과 어둠 의식을 드러내고 있다는 점에서 공통성을 보인
다. '유언시遺言詩'라고도 부를 수 있는「별과 새에게」는 기쁨과 슬
픔을 '별'과 '새'에게 남기고 가겠다는 '주체'의 초월 의식을 드러
낸다.'별'과 '새'는 윤곤강의 시에서 좀처럼 드러나지 않는 소재이
다. 막힌 세계를 주로 노래한 윤곤강에게 '별'과 '새'는 애상적인
분위기와 함께 영원과 무한이라는 내밀성을 담고 있다. 이런 의
미에서 이 시는 결의에 찬 고백이자 시대와 개인사를 둘러싼 고
뇌를 지닌 식민지 지식인으로서의 고뇌를 고통스럽게 토로하는
것이라 하겠다.『빙화氷華』는 이처럼 빛의 영역 밖에서 고통과 차
분하게 거리를 유지한다. 이는 윤곤강이 "아픔과 괴로움과 고통

속에서 고독의 비극을 형성하는 결정적 요소를 가장 순수한 모습으로 다시 보"[20]고자 함이었다.

3. 『피리』, 『살어리』의 시대정신

1) 『피리』 전통의 재창조

『피리』1948는 고전 시가를 원전原典으로 삼아 새롭게 해석하고 있다는 점에서 시사詩史에서 특이한 자리를 차지한다. 이는 시집의 「머릿말 대신」에서 "나는 오랫동안 허망한 꿈 속에 살았노라 / 나는 너무도 나 스스로를 모르고 살았노라" 회억回憶하며 "서구西歐의 것 왜倭의 것에 / 저도 모르게 사로잡혔어라. 분하고 애달"프다고 성토하는 데에서 발견된다. 예술적 형식과 내용은 오랜 시간에 걸쳐 변화를 지속한다. 지속하는 시간 속에서 '다른 것에 대한 모험'을 시도한다. 예술적 관습 뿐만 아니라 주제·운율·감각·언어 등의 것을 새롭게 창조한다. 이런 의미에서 예술은 실험을 바탕으로 한다. 윤곤강은 『대지大地』1937와 『만가輓歌』1938 그리고 『동물시집動物詩集』1939과 『빙화氷華』1940를 거치면서 끊임없이 변화해 왔다. 『피리』1948는 전통성보다는 외래성外來性에 그 가치를 두었던 것을 자성自省하며 "나의 길을 걸어가리라"「머릿말 대신」고 다짐한다. 『피리』1948와 『살어리』1948 는 형식과 내용을 전통성에 바탕을 두고

---

20   에마누엘 레비나스, 강영안 역, 『시간과 타자』, 문예출판사, 1996, 75쪽.

있다는 점에서 윤곤강 개인과 민족의 정체성을 표상한다. 이는 두 시집이 모두 고려가요高麗歌謠를 인유引喩하고 있고 편주서編註書인 『근고조선가요찬주近古朝鮮歌謠撰註』1947와 전주서箋註書인 『고산가집孤山歌集』을 발간한 것과 맥을 같이한다.

전통傳統이란 다만 과거過去의 역사歷史에 나타난 한 현상現象이 아니라 미래未來까지를 내포內包하고 좌우左右하는 커다란 힘을 말한다. 그러므로 어떠한 전통傳統을 전제前提로 하지 않고 혁신革新이라는 것을 생각할 수는 없다. 혁신革新이란 사물事物이 새로워진다는 것을 말함이요, 사물事物이 새로워진다는 것은 어떠한 의미로든지 이제까지 없었던 것을 만들어내는 것을 의미意味한다.[21]

전통이 미래까지를 내포하고 있다는 발언은 혁신이 전통과 합치될 때 창조創造로 이어진다는 것을 말하기 위함이다. 이는 "참된 전통傳統 위에 뿌리박은 창조創造 오직 그것만이 우리 민족 전체民族 全體를 바른 길로 이끌어 줄 수 있을 것"[22]을 의미한다.

찬 달 그림자 밟고
발길 가벼이 옛 성터 우헤
나와 그림자 짝지어 서면

---

21   윤곤강, 송기한·김현정 편, 앞의 책, 161쪽.
22   위의 책, 161쪽.

괴리도 믜리도 없는 몸아!

누리는 저승보다도 다시 멀고

시름은 꿈처럼 덧없어라

어둠과 손잡은 세월은

주린 내 넋을 끌고 가노라

가냘픈 두 팔 잡아끌고 가노라

내사 슬픈 이 하늘 밑에 나서

행여 뉘 볼세라 부끄러워라

마음의 거울 비추면 한 일이 무엇이냐

어찌 하리오 나에겐 겨레 위한

한 방울 뜨거운 피 지녔기에

그예 나는 조바심에 미치리로다

허망하게 비인 가슴 속에

끝 모르게 흐르는 뉘우침과 노여움

아으 더러힌 이 몸 어느 데 묻히리잇고

「찬 달밤에」

시집 『피리』의 1부는 '옛가락에 맞추어'라는 부기^{附記}에 고려
가요^{高麗歌謠}인 「모죽지랑가^{慕竹旨郎歌}」, 「정읍사^{井邑詞}」, 「동동^{動動}」, 「정
과정^{鄭瓜亭}」, 「서경별곡^{西京別曲}」, 「가시리」, 「정석가^{鄭石歌}」, 「청산별

곡靑山別曲」을 원전으로 삼아 이를 인유引喩하거나 패러디한다.「찬 달밤에」는「정읍사井邑詞」에서 구현된 '달에게 기원하는 여인의 소망'이 '시름의 덧없음과 겨레를 위한 조바심'으로 변주된다. 주 지하듯 고려가요는 창작 주체가 평민으로 민중의 감수성을 반영 하며 전통으로 자리한 시가詩歌이다. 전통이 민족의 심층적 공통 유산이며 민족성이 반영된 문학이라고 할 때 민족문학은 "민족의 원형질에 토대를 둔 공감 영역의 자기 확인이며 영원 지향의 문 학으로 작품 그 자체, 장르, 형식, 언어, 문체 등의 민족적 특성에 중요성을 부여한"23다. 이렇게 볼 때『피리』는 시대를 관류하며 공동체로서의 민족과 민족성을 구현한다.

　윤곤강이 전통을 통해 얻으려고 한 것은 혁신革新을 통한 창조 였다. 혁신은 미래를 개진하며 '현재'와 '현실'에 기초하는 인식이 다. 즉 외래의 것에 대한 대타적 의미 외에도 해방 후 문학이 나아 가야 할 방향을 개진하기 위한 것이었다. 말하자면 소월素月이 민 요에 감정을 실으며 민족성의 문제를 제기했던 것처럼 '전통과 창조'라는 종합적 시론試論을 정착시켜 보려 했던 것이다. 이런 의 미에서『동물시집動物詩集』도 '동물'이라는 실체를 상정하고 시적 구조 내에서 사유와 감정을 응축하고 있는 것은 '고려가요'라는 실체의 고유성에 의존하는『피리』와 닮아 있다 하겠다.

　윤곤강이 굳이 고려가요를 시의 전형典型으로 삼은 것은 고려 가요가 지닌 보편성과 항구성 때문일 것이다. 또한 해방 전후 이

23　오세영,『20세기 한국시 연구』, 새문사, 1998, 73쪽.

념의 대립 속에 시대와 역사가 민족의 염원과는 다른 방향으로 나아가기 때문이었을 것이다. "검하신^{이시어-저자 주} 바다 같이 너분 품에 안으사 / 밝은 빛 골고루 비춰어 괴오시고 / 삼재팔난三災八難 죄다 씻어 주소이다 / 온겨레의 한결같은 발원發願이오라"「새해 노래」에서 드러나는 것처럼『피리』는 "— 이젠 새 세상이 온다 / — 이젠 새 세상"「잉경」이 오는 문을 열어 놓고자 한다.

2)『살어리』개인 운명과 역사

『살어리』1948는『피리』1948의 시적 규범을 이어나가는 것처럼 보인다. 그러나『피리』가 고려가요를 인유引喩하고 있는 시편들과 '옛마을에서'라는 부제가 붙은 연작 형태를 통해 전통과 창조 그리고 장소로서의 공동체적 운명을 지향하고 있다면『살어리』는 대표적으로「살어리장시」,「흰 달밤에장시」,「바닷가에」등에서 고려가요를 인유한다. 따라서『살어리』가「청산별곡靑山別曲」의 구절을 연상시켜『살어리』도『피리』와 마찬가지로 고려가요의 많은 부분을 인유하고 있는 것처럼 보이지만『살어리』는『피리』와 다른 세계를 펼쳐 보인다.

『살어리』는「살어리」,「잠 못 드는 밤」,「흰 달밤에」3편을 장시長詩라고 부기附記하고 있는데 장시長詩라고 부를 만큼 길이가 길지 않아 윤곤강 시에서 비교적 길이가 긴 시라고 이해하면 되리라 생각한다.『살어리』에는 계절을 노래한 시들이 많이 보이는데 '봄'을 노래한 시편「봄」,「봄밤에」,「기다리는 봄」과 '여름'을 노래한 시편「첫여

름」, 「유월」, 「여름」 그리고 가을을 노래한 시편 「가을 가락」, 「가는 가을」, 「구월」 등
이 보이나 겨울 시편의 제목은 보이지 않는다. 소재 면에서도 꽃,
수박, 나무, 해바라기 등의 식물과 바다 시편 「바닷가에」, 「아침 바다」, 「바다」,
「또 하나의 바다」, 「밤바다에서」이 두드러지게 많이 보이는 것으로 과거의
시집에서는 발견하기 어려운 것이다. 시선은 식 물과 바다와 부딪
쳐 내면의 깊이로 침강하기도 하고 식물의 내면과 수평선 너머의
먼 곳을 향해 가기도 한다. 이처럼 『살어리』에서는 "대지에서부터
직·간접적인 방식으로 '공간적 진화'를 보인다".[24]

    5
    살어리 살어리 살어리랏다
    그예 나의 고향에 돌아가
    내 고향 흙에 묻히리랏다

    때는 한여름 바다 같이 넓은 누리에
    수갑 찬 몸 되어 전주라 옥살이
    예隸의 아픈 채찍에 모진 매 맞고
    앙탈도 보람 없이 기절했어라

    그때, 하늘 어두운 눈보라의 밤

---

24   김태형, 「근대 시인 공간 매개 시어 연구―윤곤강·이육사·백석의 작품을 중심으
    로」, 경희대 박사논문, 2022, 76쪽.

넋이 깊이 모를 늪 속으로 가라앉을 때
한 줄기 타오르는 불꽃을 보았어라
그것은 도적의 마지막 발악이었어라

나와 내 겨레를 은근히
태워 죽이려는 그놈들의 꾀였어라
정녕 우리 살았음은 꿈이었어라
정녕 우리 새날 봄은 희한하였어라

「살어리^{장시}」 부분

「청산별곡靑山別曲」의 '청산에 살리라'는 이 시에서 '내 고향 흙
에 묻히리랏다'로 변주된다. '살리라'와 '묻히리라'는 차이를 이
루지만 여기서 '묻히다'는 '고향' 땅에 살겠다는 의미로 해석된
다. '고향'은 가족이 모여 사는 곳으로[25] 자신이 태어난 곳이나 정
든 곳을 의미함과 동시에 '민족의 성스러운 땅' 곧 '세계의 중심'
의 의미를 갖는다. 집-고향-국가의 등식은 비단 그 공간의 상징
성뿐만이 아니라 내면의 공간성을 상징한다. 비록 윤곤강 내면의
기저에 언제나 죽음 의식이 자리 잡고 있지만 그것과 별개로 '봄'
의 대지大地로 돌아가겠다는 뜻을 '고향'을 통해 나타낸다.

---

25 윤곤강은 좀처럼 가족에 대한 이야기를 드러내지 않는다. 아내와 자식은 시 속에
    나타나지 않고 어머니와 할머니 그리고 할아버지만 문맥 속에 시어로 등장할 뿐
    이다. 다만 아버지를 읊은 시 「아버지」가 있다.

그러면서 "예懷의 아픈 채찍에 모진 매 맞고 / 앙탈도 보람없이 기절했어라"와 같이 감옥의 고통스러운 경험을 떠올리며 "겨레를 태워 죽이려"는 예懷를 '도적'으로 인식하는 저항 의식을 드러낸다. 윤곤강의 감옥 경험은 「흰 달밤에장시」에서도 보이는 것으로 "감옥 쇠살창으로 번히 넘어다보는 눈은 / 모두 모두 볼꼴 사나웁더니만⋯⋯"에서와 같이 감옥의 시간을 존재와 분리될 수 없는 번민으로 받아들인다.

『살어리』는 '3·1절을 맞이하여'라는 부제로 「시조 두 장二章」을 수록하고 있는데 그중 한 장章은 '한용운韓龍雲 스승께'라는 부제로 만해가 지닌 고절高節을 노래한다. 그런가 하면 시집에 수록되지 않은 「옥獄」에서는 "눈뜨면 쇠살창로부터 오는" 새벽 "몇 번이나 죽을 듯 살아 났느뇨"『문화창조』, 1945.12라며 기억의 괴로움을 토로하며 '고향'을 그리워하는 기억의 복원 속에 "자기보다도 나를 / 더 사랑한 아버지!"「아버지」를 떠올리기도 한다. 아쉬운 점은 첫 시집 『대지大地』에서도 그랬듯 국가와 민족을 생각하는 정신이 드러난 「조선」『예술운동』, 1945.12, 「땅」『신문예』, 1945.12, 「기旗」『인민』, 1945.12, 「삼천만三千萬」『햇불』, 1946.4, 「우리의 노래」『적성』, 1946.3, 「오빠」『신문학』, 1946.6, 「바람希」『대조』, 1948.8, 「무덤 앞에서」『경향신문』, 1948.9.5 등의 시가 시집에 수록되어 있지 않다는 것이다.

4. 나가며

윤곤강은 1931년부터 1950년 그가 죽기 전까지 꾸준하게 순도 높은 시를 써 왔으며 다채롭게 시적 세계를 구축해 왔다. 시론詩論을 통해 근대시사에서 자신의 문학적 신념을 펼치는가 하면 『시학詩學』과 『자오선子午線』 동인으로도 활동했다. 윤곤강은 카프에 가입한 뒤 옥고를 치르며 민족을 위해 역사적인 삶을 살고자 했으며 '나'와 '우리'와 관계 속에서 시대와 역사를 위한 신념을 다해 왔다.

첫 시집 『대지大地』1937는 생성하는 시간인 봄과 광활한 수평의 공간에서 생명을 노래한다. 겨울의 혹독한 시련을 견디는 흔들림 없는 확신으로 단호하고도 결의에 찬 의지를 보여주고 있는 『대지大地』는 훼손되지 않은 온존의 세계이자 돌아가고 싶은 본원本原의 세계였다. 따라서 대지大地는 낙원의 모상模像이었다.

두 번째 시집 『만가輓歌』1938는 죽음 의식을 드러내고 있는 시집으로 이는 시대적 절망과 감옥 경험 그리고 그의 내면을 괴롭히고 있는 증오와 분노 등이 저류底流하면서 곳곳에 고통받는 모습을 부조浮彫한다. 마치 죽음의 진리가 진정한 진리인 것처럼 자신과 세계를 가학한다.

세 번째 시집 『동물시집動物詩集』1939은 두 번째 시집인 『만가輓歌』에서 보이던 걱정이 동물에 의식을 고정함으로써 감각과 감정을 분리하여 비교적 안정적 의식을 유지한다. 이로써 『동물시집動

物詩集』은 동물을 제재로 한 권의 시집으로 엮고 있다는 점에서 근대시사에서 특이한 예를 남긴다.

『만가輓歌』,『동물시집動物詩集』으로 이어지는 죽음과 구원의 변증법은 네 번째 시집『빙화氷華』1940에 와서 더욱 평온을 유지하는데『빙화氷華』는 불안과 절망이 세 번째 시집인『동물시집動物詩集』을 통해 여과된 뒤 일상적 삶의 의미를 되새긴다.

『대지大地』,『만가輓歌』,『동물시집動物詩集』,『빙화氷華』가 해방 전의 시집이라면『피리』,『살어리』는 나란히 해방 후 1948년에 동시에 출간된 시집이다.『피리』1948는 고전 시가인 고려가요를 인유하여 전통을 재창조하고 있어 혁신革新의 측면에서 높이 평가받을 만하다.『피리』는 20 편에 가깝게 외래의 것에 대한 반성에서 고려가요를 패러디하거나 알레고리화하여 전통이 곧 본질적 근원이라는 것을 일깨워 준다.『살어리』1948는 몇 편의 고려가요만을 인유하고 있어 전통의 재창조라는 의미는 크게 부각되지는 않지만 첫 시집『대지大地』에서 보여왔던 광활한 수평의 이미지가 바다의 이미지로 펼쳐지면서 미래로의 세계를 보여준다.

윤곤강 연보

연도	내용	문단 활동 및 생애 관련 기사 자료
1911 (1세)	9월 24일, 충남 서산읍 동문리 777번지에서 출생했다. 본관은 칠원(漆原)이며 아버지 윤병규(尹炳奎)와 어머니 김안수(金安洙) 사이의 3남 2녀 중 장남으로 태어났다. 본명은 혁원(赫遠)과 붕원(朋遠)이다. 필명으로 태산(泰山)을 사용했으며 아호로 곤강(崑崗)을 사용했다.	아호 곤강(崑崗)은 천자문 '금생여수 옥출곤강(金生麗水 玉出崑崗)'에서 유래했다. 증조부는 중추원 참의관을 지냈다.
1924 (13세)	3세 연상인 이용완(李用完)과 결혼하였다.	「서산인사(瑞山人士)의 동정(同情)」(『조선일보(朝鮮日報)』, 1927.8.27)에 부친 윤병규가 당시 5원을 기부한 사례로 언급되었다. 부친은 1500석을 거두었던 대지주였다.
1925 (14세)	14세가 되던 해까지 의금부 도사를 지냈던 조부 윤정학(尹情學)으로부터 한학을 공부하였다. 부친을 따라 상경. 서울 종로구 화동 90번지에 거주하면서 보성고등보통학교 3학년에 편입한다.	당시 보성고보 학생들은 교장 정대현의 유임을 위한 분규 투쟁을 지속하였다(「분규계속(紛糾繼續)되는 보성고보(普成高普)의 맹휴(盟休)」, 『조선일보(朝鮮日報)』, 1925.10.20).
1928 (17세)	보성고보 졸업 후 혜화전문에 입학했으나 의사(醫師)에 뜻이 없어 5개월만에 중퇴한다. 장녀 명복(明福)이 태어난다.	
1929 (18세)	본명 혁원(赫遠)을 붕원(朋遠)으로 개명하였다.	
1930 (19세)	일본 동경으로 건너가 센슈대학(專修大學) 법철학과에 입학한다.	『시인춘추(詩人春秋)』 동인으로 활동했다.
1931 (20세)	11월에 종합지 『비판(批判)』에 「넷 성(城)터에서」를 발표함으로써 작품활동을 시작했다. 장남 종호(鍾浩)가 태어난다.	
1932 (21세)	『비판(批判)』에 시 「황야에 움돋는 새싹들」(8월), 「아침」(9월), 「가을바람 불었을 때」(12월)를 게재했다.	
1933 (22세)	센슈대학 졸업 후 일본에서 귀국하여 연희전문학교에 입학한다. 5월 『신계단(新階段)』에 평론 「반종교문학(反宗教文學)의 기본적 문제(基本的 問題)」를 발표했다.	『조선일보(朝鮮日報)』에 「현대시평론(現代詩評論) 새로운 출발(出發)에」(9월)와 「시(詩)에 있어서의 풍자적태도(諷刺的態度)」(11월), 「33년도(年度)의 시작(詩作) 육편(六篇)에 대하야」(12월)를 연재했다.
1934 (23세)	2월 10일, 카프(KAPF, 조선프롤레타리아예술가동맹)에 가담하였다. 2차 카프 검거 사건에 연루되어 7월에 전북 경찰부로 송환되었다가 장수에서 5개월 간 복역하다 12월 석방된다.	시 「살어리」, 「일기초(日記抄)」를 집필하였다. 『형상(形象)』에 소설 「이순신(李舜臣)」(2월)을 발표했다. 「푸로예맹(藝盟) 진용·정돈(陣容整頓)」(『조선일보(朝鮮日報)』, 1934.2.19)에서 신입 맹원으로 언급되었다.

연도	내용	문단 활동 및 생애 관련 기사 자료
1935 (24세)	일본의 감시를 피해 외가인 충남 당진읍 유곡리로 낙향한다.	『시원(詩苑)』 동인으로 활동했다.
1936 (25세)	차남 종우(鍾宇)가 태어난다.	시론 「창조적정신(創造的精神)과 우리 시가(詩歌)의 당위성(當爲性)」(『조선일보(朝鮮日報)』, 1936.1.31~2.5), 「표현(表現)에 관(關)한 단상(斷想)」(『조선문학(朝鮮文學)』)을 발표했다.
1937 (26세)	아버지의 권유로 상경하여 화산학교 교원으로 근무하며 동료 교사 김원자와 서울 종로구 제동정 84-40에서 동거생활을 시작한다. 4월, 제1시집 『대지(大地)』(풍림사)를 발간한다.	시론 「이데아를 상실(喪失)한 현조선(現朝鮮)의 시문학(詩文學)」(『풍림(風林)』)을 발표했다. 김광균, 민태규, 오장환, 이육사 등과 함께 시 전문동인지 『자오선(子午線)』을 창간하고 작품활동을 했다. 더불어 『시건설(詩建設)』, 『낭만(浪漫)』 동인에 참여했다.
1938 (27세)	7월, 제2시집 『만가(輓歌)』(동광당서점)를 발간한다.	당시 박세영의 「뿍·레뷰 - 윤곤강시집(尹崑崗詩集) 『만가(輓歌)』 독후감(讀後感)」(『동아일보(東亞日報)』, 1938.8.31)을 통해 작품 세계를 엿볼 수 있다.
1939 (28세)	8월, 제3시집 『동물시집(動物詩集)』(한성도서 주식회사)을 발간한다. 차녀 명순(明淳)이 태어났다.	경성호텔에서 출판기념회를 가졌다(『동아일보(東亞日報)』, 1939.9.2). 시 전문지 『시학(詩學)』의 동인으로 활동했다.
1940 (29세)	8월, 제4시집 『빙화(氷華)』(명성출판사)를 발간한다. 3녀 명옥(明玉)이 태어났다.	6월 1일부터 18일까지 『동아일보(東亞日報)』에 「시(詩)와 직관(直觀)과 표현(表現)의 위치(位置)-물질(物質)과 정신(精神)의 현격(懸隔)」을 4회 연재했다.
1943 (32세)	명륜전문학교(성균관대학교의 전신) 도서관에서 촉탁으로 근무한다.	6월 조선문인보국회(朝鮮文人報國會) '시부회(詩部會)' 간사로 임명된다.
1944 (33세)	동거하던 김원자가 사망하고, 일본의 징집을 피해 충남 당진읍 읍내리 368번지로 낙향하여 징용을 피해 면서기로 근무한다.	
1945 (34세)	광복 이후 상경하여 조선프롤레타리아문학동맹에 가입해 중앙집행위원으로 활동했다.	12월 9일부터 『조선일보(朝鮮日報)』에 「통일(統一)의 구체성(具體性)」을 4회 연재했다.
1946 (35세)	모교인 보성고보 한문 교사로 근무했다.	조선문학가동맹(朝鮮文學家同盟) 시부위원으로 활동하다가 탈퇴했다. 권환, 박세영, 이찬 등과 함께 해방기념시집 『횃불』(우리문학사)을 발간한다.
1947 (36세)	편주서 『근고조선가요찬주(近古朝鮮歌謠撰註)』(생활사)를 발간한다. 성균관대학교 국어국문학과 시간강사로 출강했다.	

연도	내용	문단 활동 및 생애 관련 기사 자료
1948 (37세)	1월 제5시집『피리』(정음사), 7월 제6시집『살어리』(정음사)를 발간한다. 시론집『시(詩)와 진실(眞實)』(정음사)를 발간한다. 윤선도의 작품을 엮고 해설을 붙인 찬주서『고산가집(孤山歌集)』(정음사)을 발간한다. 중앙대학교 국어국문학과 교수로 부임했다.	조지훈이「『피리』의 율격(律格)」(『경향신문(京鄕新聞)』, 1948.5.23)을 발표하여 제5시집『피리』의 문학적 성과를 논했다.
1949 (38세)	척수염과 신경쇠약에 시달렸다.	김동리, 김동인, 박인환, 안수길, 양주동, 유진오, 이봉구, 이은상 등과 함께 박종화, 김진섭, 염상섭 주재의 한국문학가협회 결성식에서 추천회원으로 언급되었다.
1950 (39세)	향년 39세를 일기로 2월 23일(음력 1월 7일) 서울 종로구 화동 138-113번지에서 영면하였다. 충남 당진군 순성면 갈산리에 안장되었다.	노천명이「애도(哀悼) 윤곤강(尹崑崗)」(『경향신문(京鄕新聞)』, 1950.3.3)을 발표하여 시인의 넋을 기렸다.
1993 (사후)	충청남도 서산시 서산문화회관에 윤곤강 시비(나비)를 건립했다.	
1996 (사후)	시론집『시(詩)와 진실(眞實)』(박만진 편, 한누리미디어)을 발간했다.	
2002 (사후)	『윤곤강 전집』1·2(송기한·김현정 편, 다운샘)을 발간했다.	
2021 (사후)	윤곤강 문학기념사업회를 창립했다.	
2022 (사후)	학술서『윤곤강 문학 연구』(박주택 외, 국학자료원)를 발간했다.